# Ugly

## Du même auteur

Comme des Bleus
*(bande dessinée)*
*Casterman*

Agenda du désir
*Eden*

*Daniel Mermet*

# Ugly

Ohmondieumondieumondieu !

*Éditions du Seuil*

COLLECTION DIRIGÉE PAR NICOLE VIMARD

EN COUVERTURE : dessin de l'auteur.

ISBN 2-02-013240-0.

Merci à Richard Matheson pour son *Journal d'un monstre,* graine d'Ugly…

1

# Ugly et Mamie

A Singapour il suffit de respirer pour être heureux. On va partir là-bas, Ugly tu verras, Oulo jouera du piano et tu feras danser le petit rat. Pleure pas petit frère.

— Ohmondieumondieu ! Ohmondieumondieu, elle dit Maman.

Je l'entends qui n'arrête pas de répéter ça, jour et nuit.

Je suis toute seule. J'ai treize ans et les vers de terre recouvrent tout même les fenêtres. Je les sens qui se grouillent sur mes jambes partout. Ils vont me remplir la bouche et me boucher les yeux. Ça fera comme de la nuit.

Ugly est attaché dans son placard. Je suis là Ugly. Il me regarde gentiment mais ça me fait peur quand même. Je dois pas bouger, c'est le docteur Laisslévivre qui l'a dit. Tout ça à cause de la fête du mariage de Cap-Handy. Je pourrais jamais plus enlever tous ces bruits de ma tête. Les sept nains de la grande forêt quand on dansait la capucine. Tout s'est mis à tourner et je suis tombée dans les bassines de poumon qu'ils avaient sucé avec leurs têtes qui tournaient qui tournaient qui riaient et leurs odeurs.

Je voudrais bien oublier, Ugly. A Singapour on oubliera. Tu es là ? Je te vois presque plus mais je sais bien que tu écoutes. Ne pleure pas, grand frère. Ça sent trop mauvais quand tu pleures. Regarde je suis contente. On va venir nous chercher bientôt. En attendant on va se rappeler des choses. Regarde j'ai retrouvé Mamie sous les vers de terre, tu vois ?

Il voit pas.

Pourtant c'est bien Mamie sur cette photo. Avec tellement de fleurs que vous la voyez presque même plus. C'est joli, vous trouvez pas ? C'est de quand elle est venue chez notre maison pour son cœur. On était contents, tu te rappelles ? J'entends encore quand tu disais :

— BON-BON ?... BON-BON ?

— Ah non, il faut pas y toucher aux bonbons, elle disait Mamie de Villemonble, oh ça non. Il faut bien les laisser dans la petite boîte dans le sac de Mamie.

— BON-BON ?

Il disait BON-BON parce qu'il arrive pas à dire MÉDICAMENT, c'est pour ça.

— Oui Ugly chéri, elle disait Mamie, les bonbons c'est pour qu'elle ait pas mal à son cœur ta Mamie. Il faut pas y toucher, tu veux faire mal au cœur de Mamie ? Tu n'aimes pas ta Mamie, tu voudrais la faire mourir, dis ?

Ugly lui a fait ses grands yeux de petit veau gentil comme quand il voudrait pleurer.

Mamie s'est penchée et elle l'a embrassé sur sa petite bosse. C'était une bosse de quand il avait tapé la télé parce qu'il y avait un serpent qui voulait manger une dame un peu toute nue. Ugly s'est mis à gronder, il s'est laissé tomber de son fauteuil par terre et, comme le serpent, il a rampé vers la télé. J'ai cru que c'était pour rigoler mais non. Il a frappé sa tête très fort sur la télé. J'avais peur qu'il la casse car après il y avait Startrek. Mais la grosse varice de sa tête a éclaté contre un coin du poste. Ça a coulé mais juste un peu. Vite Mamie est arrivée. Elle l'a essuyé avec un sopalin qu'elle a jeté dans le vide-ordures. Voilà pourquoi il avait cette bosse.

Mamie de Villemonble embrassait Ugly et elle lui faisait bien gentiment comprendre que les bonbons à Mamie c'est comme les bonbons à Ugly quand il y a la grosse bête dans la tête à Ugly qui lui fait du mal. Alors il faut lui donner à manger à la bête, un bonbon pour qu'elle soit gentille. Voilà, c'est pareil. Il y a les bonbons pour la bête dans la tête à Ugly et il y a les bonbons pour la bête dans le cœur à Mamie. C'est pour ça qu'il faut pas y toucher. Tu y toucheras plus Ugly ?

Ils s'aimaient bien Ugly et Mamie, ils étaient pareils tous les deux. Pareils que quoi je sais pas mais pas pareils que moi. Moi j'ai pas de bête dans la tête pas de bête dans le cœur et on était mercredi.

Mercredi c'est le jour que Mamie allait chez l'hôpital

pour son cœur. Il faut qu'on soit bien sages ce jour-là. Quand elle revient Mamie vous rapporte toujours une surprise. Alors vous êtes gentils. Ugly aussi. A part le serpent avec sa bosse et la fois que Pompidou voulait pas jouer au lion du cirque. Voilà encore toute une histoire, il faut la raconter.

Pompidou c'est notre chat et Ugly voulait qu'il fasse le lion pour faire voir à Oulo-Porcelune.

Oulo-Porcelune je ne sais pas si c'est bien le moment d'y penser. Ugly me regarde. Je ne sais pas si quand on pense à quelque chose ça se voit. J'ai peur que Ugly voie à quoi je pense.

Oulo-Porcelune ce fut son amour.

C'était il y a longtemps l'année dernière. Ugly était sur le balcon. Il faisait son bruit de quand il mange sa salade de vers de terre lorsque soudain il a entendu ce piano comme des vers luisants.

Ça se voyait sur le balcon en face à droite avec du soleil car c'est plus cher de loyer. C'étaient des gens nouveaux. Les autres n'arrêtent pas de partir. Ils disent que Ugly c'est pas une vie. Ils aiment pas quand Papa met la petite fessée avec les chaînes à Ugly ou que Maman lui fait sa piqûre sous la langue. La nuit surtout quand Ugly tape sa tête dans son placard en fer les gens n'arrivent pas à jouir d'un repos bien mérité. Sans parler des odeurs. Alors ils s'en vont et c'est pour ça qu'il n'y a plus que des ressortissants.

Quand j'ai vu Oulo la première fois sur le balcon, dans ma tête je l'ai appelée Porcelune à cause de la porcelaine, à cause de la lune, à cause du port salut et du Vietnam dont elle ressortissait.

Ugly était tout le temps sur le balcon sans rien faire sauf avec ses oreilles pour écouter le joli piano. Quand elle jouait pas il attendait qu'elle joue. Alors il bougeait sa grosse tête de bonheur comme s'il allait faire caca.

Il faisait plein de signes particuliers à Oulo pour faire un rapprochement. De loin il lui faisait voir comment il mangeait bien sa bonne purée de vers de terre jusqu'à lécher toute sa bassine ou bien il lui faisait voir comment Pompidou savait voler dans le vide avec seulement la corde à linge autour du cou. Ou bien il chantait quelque chose avec son bruit de quand il chante.

Mais Oulo-Porcelune ne disait rien. Elle restait au soleil sans bouger comme si elle avait même pas remarqué. Pourtant d'habitude tous les yeux des fenêtres le remarquent mon grand frère. Mais elle avait pas peur non plus. Elle écoutait son ouhauquemane dans les oreilles avec ses cheveux noirs comme la première fois qu'on écrit à l'encre.

C'était pour faire rigoler Oulo que Ugly voulait que Pompidou fasse le lion du cirque. Pour ça il fallait qu'il trouve un cerceau pour faire sauter le lion dedans. Il a pensé au tuyau de gaz de la cuisinière. Il a eu un peu de mal à l'arracher à cause des roues de son fauteuil qui gênaient mais il y est arrivé grâce à ses mains herculéennes et il a fait un cerceau exactement comme le dompteur de la télé.

Mais Pompidou voulait pas sauter.

Ugly lui tenait le cerceau mais Pompidou voulait pas. Il était caché sur l'étagère en haut derrière les boîtes à épices. Ugly s'est mis à râler. Avec son autre main il a pris le balai et il a un peu cogné sur la gueule à Pompidou. Du coup Pompidou a sauté.

Il a sauté juste au milieu.

Sauf qu'en jetant les sopalins Mamie avait oublié de refermer la porte du vide-ordures et Pompidou tomba juste dans le trou.

Ugly regardait ça tout déçu.

Il s'est mis à grogner et moi-même j'ai crié. Mamie est arrivée en courant avec son pauvre cœur au secours mais voilà qu'elle se prend les pieds dans le balai et qu'elle choit sur le coin de la table avec ses dents qu'elle met dans un verre pour dormir.

Alors Maman est arrivée.

— Ohmondieumondieumondieu !

Mais on a eu de la chance que le robinet du gaz soit fermé, c'est ce que Papa a dit :

— On a eu de la chance.

A part ça, depuis que Mamie de Villemonble venait le mercredi c'est tout ce qui était arrivé.

Et ce mercredi-là donc, Mamie est allée dans sa chambre pour se faire belle avec son sac à main qui était sur la table de la cuisine à côté de la boîte de médicaments à Ugly.

Elle l'a pris et elle est allée dans sa chambre se préparer pour aller à l'hôpital.

Et voilà que Maman est sortie toute parfumée de la salle de bains. Elle a demandé à Mamie si Mamie voulait que Maman l'emmène en voiture et Mamie a dit que non car ça lui ferait du bien d'y aller à pied. Elle a dit qu'elle prendrait juste ses médicaments avant de partir au cas où et voilà.

Après ça il y avait juste Maman dans la cuisine qui faisait marcher la machine pour faire le jus de vers de terre.

Ugly et moi on regardait un peu la télé avec des monsieurs dans la télé qui parlaient de la télé.

Maman est venue nous voir avec son manteau et les clés. Elle a dit qu'elle allait vite faire des courses pour ce soir qui était l'anniversaire de Mamie et qu'elle allait acheter un merveilleux gâteau.

— Après j'irai chercher Mamie à l'hôpital. Je compte sur vous pour être très gentils Ugly chéri.

Elle a refermé la porte à clé et je me suis retrouvée toute seule avec Ugly et la télé. Je n'aime pas beaucoup ça, surtout quand il y a des pubes pour des belles chaussures qui ne pensent même pas aux gens qui n'ont pas de pied comme par exemple mon frère.

Mais il a arrêté de regarder la télé et il a roulé son fauteuil jusqu'au vide-ordures. Il faisait ça souvent depuis que Pompidou était tombé dedans. Il ouvrait le couvercle et il faisait doucement son bruit de chien à la morgue.

Moi je regardais la télé et j'étais contente que Maman ait fermé la porte à double tour. D'accord on était enfermés mais comme ça au moins Ugly ne risquait pas de sortir pour descendre l'escalier avec son fauteuil roulant jusqu'à la cave des ordures pour retrouver Pompidou.

La télé était très bien avec des dames qui parlaient de comment est-ce que les vedettes font-elles pour ne pas grossir, elles qui sont toujours obligées de manger.

J'ai pensé au bon gâteau qu'il y aurait ce soir.

Mais soudain j'ai vu la fumée sous la porte de la cuisine.

Alors vite j'ai ouvert. Un spectacle consternant se présentait. On voyait rien dans toute cette fumée sauf les yeux très gros de Ugly et sa bouche grande ouverte jusqu'à ses glaires.

Il y avait aussi beaucoup de bêtes mortes.

C'est un jeu que fait Ugly avec le grille-pain. Les bêtes il les met à griller et, avec ses fléchettes que Tonton Starsky lui a données, il les guette au coin de la table comme un chasseur. Quand les bêtes sautent hors du grille-pain il les tue. Mais c'est pas grave, c'est pas des bêtes en vrai, c'est seulement des tranches de pain Jacquet.

Sauf que là il en avait mis trop et les bêtes pouvaient plus sortir, elles préféraient devenir carbonisées. Ça fumait, ça fumait il faut ouvrir la fenêtre. Mais c'est trop haut, je dois grimper l'évier. Hélas je me cogne mon bras sur le coin de l'étagère et voilà la lampe à pétrole rustique qui tombe et qui se casse sur le grille-pain allumé. Et Pfrroum toutes les flammes d'un seul coup partout sur les papiers sur les torchons sur les carottes et sur Ugly.

Il se met à brailler très fort et très méchant avec son bavoir en plastique qui brûle. Vite je le pousse en feu dans le salon où il y a le téléphone pour appeler Papa mais le fil est déjà cuit. Les flammes trottent sur la moquette comme des folles. Il y a des grands coups à la porte c'est des voisins qui crient qu'il faut ouvrir, ouvrez, ouvrez, comme le loup qui voulait s'envoyer les trois petits cochons. Ça va être dur pour ces braves gens d'enfoncer la porte tellement elle est blindée avec plein de serrures à cause des arabes drogués qui viennent en autodéfense pour égorger les Mamies.

La fumée me brûle. Je tousse mes poumons. Ugly fait son bruit de plus en plus fort. Lorsque soudain les fenêtres du balcon explosent et le superhéros arrive parmi les flammes avec son casque brillant de mille feux pour nous emmener dans sa galaxie.

Et hop en voilà un deuxième. Mais non je rêvais c'est seulement les pompiers.

Même qu'ils ont d'abord sauvé Ugly. C'est toujours comme ça, c'est d'abord lui qu'on sauve. Tout ça parce que je suis normale moi.

Enfin ils se sont décidés à me descendre bien fort dans leurs bras avec tous les petites gens en bas qui en profitent pour regarder.

On est arrivés par terre avec les belles voitures rouges partout en bordel et c'est là que j'ai vu Maman qui sortait de son Austin en criant :

— Ohmondieumondieu ! Ohmondieumondieumondieu !

Je comprenais pas puisqu'on avait rien.

Mais tiens, je me suis dit, c'est bizarre que Mamie elle soit pas dans la voiture avec Maman.

— Ohmondieumondieu, elle criait à pleins poumons Maman, Ohmondieu ma Belle-Mère ! MAMIE ! MAMIE !

C'est bien après qu'on a tout compris. Après l'autopsie de Mamie, la pauvre. Elle s'était trompée. Elle avait confondu les bonbons. Elle a pris ceux d'Ugly qui pourraient endormir un éléphant. Elle en a pris avant de partir mais elle est pas partie. Elle est tombée de sommeil dans sa chambre et elle a fini rôtie alors qu'elle avait une belle retraite de l'EDF.

— C'est une chance, il a dit Papa, elle dormait et elle n'a pas souffert.

Mais notre Ugly a eu beaucoup de chance aussi ce jour-là. Comme il était dans la rue à regarder les pompiers en l'air, voilà que quelque chose a sauté sur lui. Et c'était qui ?

C'était Pompidou.

Ah, comme Ugly était content ! Il faisait sa petite mousse de quand il est heureux. Il secouait Pompidou par la queue pour le faire voir là-haut, à Oulo-Porcelune qui n'était pas à son balcon, hélas !

Car tout ça c'était à cause d'Oulo le grand amour de mon frère. Il balançait Pompidou en faisant :
— BON-BON ?... BON-BON ?

Mais c'était bientôt Noël.

2

# Ugly et le Père Noël

Dans le noir près de moi Ugly a pris le cadre avec la photo de notre chère Mamie pour lui faire des bisous. La photo est pleine de vers et avec ses bisous Ugly en avale plein. Au moins comme ça il mange un peu, lui qui est si difficile. Ça ferait plaisir à Maman si elle comprenait. Mais je l'entends par terre en train de lécher son vomi.

— Ohmondieumondieumondieu.

Quand j'y repense c'était bien regrettable que Mamie de Villemonble n'était pas là pour ce joyeux Noël, surtout la bûche au chocolat, elle qui l'aimait tant. Mais il fallait bien l'enterrer puisqu'elle était morte. Et il fallait aussi réparer la maison que le feu avait ravagée. Alors Papa et Maman ont eu la bonne idée que notre cher Ugly et moi on irait chez Tonton Starsky pour Noël à Créteil Val-de-Marne.

Tonton et Tata Starsky ils ne peuvent pas avoir d'enfant ce qui est bien malheureux au sein d'un jeune foyer moderne. Comme ça, il a dit Papa, ils connaîtront un peu quelque part la belle joie d'un Noël en famille.

Mais Ugly était triste de partir à cause de Oulo qui ne savait pas qu'elle était son amour. Il ne pourrait pas la voir à la fenêtre et lui montrer mon beau poisson rouge qu'il avait pêché pour elle avec la fourchette à fondue savoyarde.

— OU-LO ? OU-LO ?! il répétait doucement Ugly dans la voiture avec ses yeux de quand il est malheureux. Ça coulait sur ma main qu'il tenait dans sa main mais j'avais pas envie de l'enlever malgré son odeur de vieille viande.

— OU-LO ? OULOOOO ?

Pour le consoler je lui ai dit que chez Tonton Starsky on verra le Père Noël.

Et c'était vrai. C'est même moi qui l'ai vu la première dans la Sainte Nuit de Noël. Même qu'il dormait. Il ronflait pas il dormait sur le canapé de Tata près du beau sapin avec sa capuche rouge rabattue sur sa tête. Si bien qu'on voyait pas son visage jovial mais juste un bout de sa barbe blanche avec l'élastique. C'était joli.

Vous vous demandez comment je l'ai vu comme ça en pleine nuit que tout le monde dormait ? C'est à cause d'un gros bruit qui m'a réveillée.

POUM.

Alors je me suis assise dans mon lit dans le noir et j'ai réalisé dans ma tête que c'était la nuit de Noël. Et j'ai eu envie d'aller voir s'il y avait déjà quelque chose dans mes tennis. J'avais envie très fort. Je me suis levée et j'ai marché dans le couloir sans allumer tout doucement avec seulement le bruit de mon sang dans mon cou.

Et soudain dans le salon j'ai vu le Père Noël qui dormait ce qui n'est pas courant.

— Bonjour !

C'était une voix derrière moi.

— Bonjour !

C'était une boîte en carton en or.

— Je m'appelle Majika.

C'était Majika.

— Je m'appelle Majika et je suis ton amie.

J'étais contente ! Quelle ravissante Poupée !

— Je m'appelle MAJIKA. Je m'appelle MAJIKA...

— Chut ! j'ai dit, y'a le Père Noël qui dort. Il faut pas faire de bruit.

Majika me souriait.

— Écoutez, j'ai dit (car au début je lui disais vous), on va attendre qu'il se réveille et on lui demandera si c'est vrai qu'il n'existe pas.

C'est ce qu'on a fait.

On s'est assises dans le fauteuil de Tonton-pour-le-foot-à-la-télé et on a admiré les lumières clignotantes et féeriques dans le sapin.

Et alors j'ai vu tous ces bouts de viande crue.

C'était comme plein de petits tas de viande hachée. Il y en avait partout sur le sapin, sur les guirlandes, sur le mur et moi j'aime pas la viande. Tata Starsky veut toujours m'en faire manger à cause du sang qui fortifie.

Mais alors là du sang j'étais servie, il y en avait jusqu'au plafond, jusque dans la chaussure à Ugly.

Oui je sais bien, Ugly n'a pas besoin de chaussures puisqu'il n'a pas de jambe mais c'était Noël. Et pourquoi ne pas croire au miracle comme dit Papa lorsque l'amour et la science sont au rendez-vous ?

En attendant Tata et Tonton n'allaient pas être contents en voyant leur belle maison pleine de sang et de viande.

J'avais peur d'avoir vu tout ça alors que Tonton et Tata dormaient et Ugly aussi attaché dans la chaufferie.

Et qu'est-ce qu'il va dire le Père Noël en se réveillant quand il verra tout ce chantier et que j'ai pris Majika ?

On est retournées dans ma chambre toutes les deux sans bruit. On a essayé de dormir mais moi les bouts de viande ça m'empêchait. Alors j'ai parlé avec Majika. Je lui ai dit que j'avais un papa, une maman et un frère.

— Et qu'est-ce qu'il va lui apporter le Père Noël à ton frère, elle a dit cette poupée.

J'avais même pas remarqué s'il y avait un cadeau dans la chaussure de Ugly. Ça alors ! Peut-être que Tonton a oublié de dire au Père Noël que Ugly est là ? C'est que Tonton il est très occupé comme travail. Même des fois la nuit il part en vitesse quand la voiture arrive avec ses freins et sa grosse lumière bleue qui fait tourner les volets sur le plafond pasqu'y faut que Tonton se dépêche d'aller tuer les très roristes.

Oui, j'ai dit à Majika car Tonton Starsky il est flic de police même s'il a pas de képi.

Tonton c'est un flic qu'est déguisé en n'importe qui. Mes copines elles croivent que ça se peut pas mais moi j'ai vu son trois cent cinquante-sept magnum.

— Comment l'as-tu vu ? m'a dit Majika.

— Parce qu'hier Ugly il a voulu me tuer.

— Allons bon.

— Je me rendais aux ouatères quand Ugly a surgi avec un gros revolver.

— C'était pour de rire.

— Avec Ugly on sait jamais et lui non plus. Je lui ai dit qu'il me laisse passer car c'était pressé. Si jamais tu me tues je vais te cafeter et tu iras pas à la télé dans l'émission de Jacques Martin.

Ugly faisait sa bave avec des grosses bulles et moi j'en tenais pas large.

Mais alors Tata Starsky est arrivée derrière lui sans bruit. Moi je la voyais mais lui non, tellement il allait me tuer.

Tata lui a sauté dessus mais BOUM la balle a fait un gros trou brûlé dans la porte des ouatères où se trouvait Tonton Starsky avec l'amant de Marguerite Duras.

— Keskispasse Nomdedieudenomdedieu Keskispasse ? il a fait Tonton en remettant son pantalon d'une main en tirant la chasse d'eau de l'autre.

— Keuspastil ?

Tata hurlait par terre toute blanche.

— Calme-toi Françoise Nomdedieu ! il disait Tonton.

Il a enlevé chaque doigt de Tata qui serrait le revolver et il l'a rangé dans la poche sous son bras avec les petites bretelles en cuir.

Ugly regardait un clou dans le mur.

Tonton le soir à table il a dit :

— Ugly t'es grand maintenant je vais te parler mon grand bonhomme et toi file te coucher il m'a dit nomdedieu pasque j'avais recraché toute la bonne viande dans mon assiette.

Mais je suis même pas allée me coucher. J'ai écouté derrière la porte de la cuisine. Tonton il a expliqué à Ugly qu'il y a des monsieurs très méchants qui tuent des gentilles grand-mères en leur enfonçant des serpillières dans la bouche comme supposons Mamie de Villemonble. Bon d'accord elle est déjà morte mais supposons. Alors il faut bien que quelqu'un les attrape avec un revolver les assassins et voilà c'est Tonton Starsky qui fait ça, c'est pour ça qu'il faut jamais fouiller dans les affaires de Tonton, il faut promettre sinon ça fera de la peine au petit Jésus et Papa Noël n'apportera pas de joujoux à Ugly. Et il faut arrêter de faire tout le temps des bêtises comme la fois que tu avais fait éclater la tête du petit chien Rocky en le lançant sur le mur du garage et que tu lui as enlevé les yeux avec le casse-noisettes, c'est pas gentil. Ça a beaucoup fait pleurer Tata, c'est pardonné mais quand même.

Ugly regardait la télé sur le frigo en se bavant du yaourt sur le menton.

— Mais alors il a dit Tonton mais alors si Ugly est très gentil, mais alors TRÈS TRÈS gentil, eh ben le Père Noël apportera un beau revolver COMME Tonton. Et comme ça si une nuit mettons que Tonton serait parti et que mettons il y aurait des voleurs dans la maison pour tuer Tata et ta petite sœur eh ben c'est Ugly avec son revolver qui chassera les méchants voleurs. D'accord? Tu me promets, d'accord? Et maintenant va te coucher, embrasse Tata. Tonton va venir t'attacher avec tes chaînes dans la chaufferie.

Et voilà tout ce que j'ai raconté à Majika.

On avait parlé tellement que je me suis pas aperçue que le téléphone sonnait et que personne ne le décrochait.

Le téléphone faisait son bruit de quand c'est les copains de police de Tonton qui l'appellent pour venir le chercher avec la lumière bleue.

Le téléphone s'est enfin arrêté et il y avait plein de silence. Je serrais très fort ma nouvelle amie. Ça a été long et la voiture est arrivée avec ses freins. Les types ont sonné et cogné sur la porte.

— Police! Ouvrez!

Ils rigolaient mais après ils rigolaient plus.

Ils sont entrés dans la maison. Il y en a un qui a dit un gros mot et un autre qui l'a répété. Après ça ils faisaient plus de bruit, ils marchaient juste un peu.

Moi je faisais semblant de dormir mais j'ai entendu

quand ils ont tourné la poignée de ma chambre. J'ai fermé mes yeux fort. Il y a un monsieur flic qui a dit qu'il fallait emmener la petite il faut pas qu'elle voit ça.

Qu'est-ce qu'il fallait pas que je voie ?

— Réveille-toi, il a dit l'autre, réveille-toi mon petit.

Il faisait une voix gentille tout bas qui sentait le ouisky comme Maman. Il m'a dit qu'on allait partir tous les deux. Il a rien dit pour Majika mais il m'a dit surtout de pas regarder quand on allait traverser le séjour.

J'aurais bien voulu mais quand même j'ai regardé.

Il y avait plein d'autres flics dans le séjour autour du Père Noël qui dormait. Sauf qu'il ne dormait pas et que c'était pas le Père Noël. C'était Tonton Starsky.

Heureusement qu'il a une moustache sinon je l'aurais pas reconnu mon Tonton. Toute sa figure c'était comme du steak tartare avec deux gros oignons blancs qui pendaient et qui étaient ses yeux.

Tata riait.

Elle sortait sa grosse langue blanche et ses yeux tournaient en tous sens. Deux flics la tenaient pour qu'elle arrête de gigoter comme ça. Mais vite le monsieur m'a emmenée et on est montés dans la voiture. Personne n'a rien dit pour Majika.

La voiture roulait et le bonhomme parlait tout seul.

— Nomdedieudenomdedieu comment ça a pu arriver ?

Moi je le savais mais je lui ai pas dit. Je savais bien que Ugly ne dormait pas dans la chaufferie je savais bien qu'il avait cassé ses chaînes et qu'il avait rampé dans le noir pour voir son cadeau de Noël dans son petit soulier et qu'il a trouvé son joli revolver et qu'il est tout de suite allé voir si c'était vraiment COMME celui de Tonton qui était caché dans la cachette secrète et que c'était exactement le même.

Il était content Ugly.

Et justement il a entendu un bruit dans la maison. C'étaient des très roristes qui venaient tuer tout le monde dans cette douce nuit, il s'est dit. Alors il a visé exactement comme lui avait fait voir son gentil Tonton.

Sauf que c'était le revolver de Tonton et que c'était Tonton qu'il visait. Oui c'était Tonton qui avait eu la bonne idée de la rouge houppelande avec la barbe blanche tout déguisé pour nous faire une surprise sympa lui qui n'a pas d'enfant.

Oui moi je sais tout ça, c'est Majika qui m'a tout raconté, elle a tout vu de sa boîte en carton en or.

Le bonhomme dans la voiture s'est mis à se taire. Majika a hurlé :

— Joyeux Noël !

3

# Ugly et Bébé

Ne t'inquiète pas Ugly, maman a arrêté de se manger les cheveux. Elle a réussi à aller jusqu'à la cuisine sans tomber, je l'ai entendue elle a essayé de prendre un verre mais elle l'a cassé. C'est le cinquième aujourd'hui. J'espère qu'elle arrive à boire au goulot mais ça m'inquiète si elle tombe avec la bouteille de vin dans sa bouche comme hier.

J'ai peur aussi qu'Ugly aille faire des bêtises avec les bouts de verre. Des fois qu'il confonde les vers et les verres. Ugly est comme ça il confond.

Pour l'instant il a mis sa main sur moi.

Je la sens.

— Tu vois que tu peux être gentil quand tu veux, je lui dis.

— Béé-Béé ?... Béé-Bééé ?

Il demande gentiment avec sa bouche qui sent l'eau des fleurs pourries qu'il a été obligé de boire car il n'y a plus rien.

Oui très doucement il dit ça. Pas du tout comme la fois que je me souviens.

— Tu te souviens, Ugly ? Mais si, c'était après la fin tragique de Tonton Starsky de Noël. Bééééé-Bééééé !... Béééé-Bêêêê !

Il faisait son bruit noir Ugly. Il s'approchait du berceau en tremblant avec les roues de son fauteuil et ses grosses mains pleines de force qu'il s'en rend pas compte.

Il était pas content mon grand frère. J'avais très peur quand il est rentré en douce dans ma chambre où j'étais bien toute seule. Moi je voulais crier mais je peux pas sinon Papa arrive et il l'attache dans son placard et après Ugly fait rien qu'à me pincer sous la table jusqu'au sang. C'est pour ça que je mettais mes deux mains pour pas crier.

Sa mousse de sa bouche commençait à faire du vinaigre et les varices gonflaient sur sa tête où il n'a que quelques gras cheveux.

Alors entre ses grosses dents pointues il a pris Bébé par le cou très fort il l'a secoué secoué et Bébé a crié crié crié.

La mousse d'Ugly coulait dans le cou de Bébé. Ça a glissé et Bébé est allé tomber sa tête sur le radiateur électrique.

— Ohmondieumondieumondieu ! Ils ont fait Papa et Maman en accourant dans la chambre.

Vite Papa l'a attaché avec le bracelet et la clé. Il n'a pas eu besoin de la cravache. Ugly ne bougeait plus sauf ses yeux dans tous les sens.

Papa a dit qu'il le frapperait plus tard après manger à tête reposée.

— Il va être très gentil maintenant, elle a dit Maman, il va être mignon.

Elle pleurait doucement en embrassant la sueur blanche sur la tête de notre Ugly.

Mais Bébé pleurait toujours par terre contre le radiateur. Papa l'a pris dans ses bras. Il a dit c'est pas grave c'est pas un drame meunon meunon. Ça va s'arranger vous allez voir je vais chercher un truc.

Il est allé chercher un truc. C'était la lime à ongles de la salle de bains. Il l'a enfoncée dans le dos de Bébé.

J'ai peut-être oublié de vous dire que Bébé c'est comme ça qu'on appelle Majika. On l'appelle Bébé parce que Ugly il arrive pas bien à dire MA-JI-KA. Il arrive juste à dire Ka-Ka. Alors le docteur Laissélévivre il a dit que ce serait préférable de dire Bébé, c'est pour ça.

Moi je trouve que Majika c'est joli mais Bébé aussi. Et ça va bien avec le berceau que m'a donné Papy Mécano. Oui un berceau et une poupée pour moi toute seule alors que c'est toujours tout pour Ugly.

J'étais contente. Un beau Bébé joli comme le joli bébé de Madame Portadroite qu'elle met sur le balcon à côté qui gazouille avec les petits rayons du soleil, pareil.

Bien sûr Bébé je le cachais à cause d'Ugly. Surtout qu'il a rien eu pour Noël. Le beau revolver Papa lui a confisqué à cause de Tonton Starsky. Pauvre Tonton.

Je regrettais souvent de lui avoir fait de la peine en recrachant toute ma viande.

— Tu devrais prendre exemple sur ton grand frère, il disait Papa.

Il a raison. Ugly aime bien ça, la bonne viande. Pendant que tout le monde s'occupait de Tata Starsky, toute la viande sur le sapin sur les guirlandes sur le mur et même dans les chaussures, Ugly a tout mangé.

Alors donc je faisais attention à bien cacher Bébé. Mais là je l'avais sorti pour jouer car Ugly dormait dans son placard à cause de la piqûre qu'on lui fait l'après-midi pour qu'il ne tape pas sa tête contre le mur surtout qu'on a refait les peintures depuis Mamie de Villemonble.

Mais la piqûre était pas assez forte. Il s'est réveillé il a entendu Bébé et ça l'a rendu fou. Maman dit que Ugly ADORE les bébés mais qu'il a un blocage au niveau de l'image du père.

En tout cas moi je savais pas que Bébé avait une porte avec des piles.

Papa a enfoncé la lime à ongles dans le dos de Bébé, une petite porte s'est ouverte, Papa a enlevé les piles et Bébé s'est arrêté de crier aussitôt.

— Et voilà, elle a dit Maman d'un ton enjoué, Ugly va être gentil maintenant. Ugly ne va plus faire pleurer Papa ni Maman ni petite sœur, c'est fini.

Ugly nous regardait avec un peu de liquide dans ses yeux. Maman était bien émue.

— Un jour Ugly aussi aura un bébé, elle a dit, un vrai bébé, ce sera merveilleux hein Papa ?

— L'amour et la patience sont toujours récompensés, il a dit Papa.

Il a caressé la tête à Ugly contre son veston sans même penser aux taches que ça pourrait faire. Il a sorti la clé et il a détaché Ugly.

Mais voilà qu'on a entendu dans la cuisine ça grattait, ça griffait et Maman a couru vite. Elle a ouvert le four et Pompidou a bondi avec tous ses pansements et ses poils qui lui manquent depuis que Ugly lui a fait faire les vingt-quatre heures du Mans dans la machine à laver.

Mais le four c'était pas grave, Ugly l'avait pas allumé.

Ouf, Maman était radieuse.

— Tu as raison Papa, l'amour et la patience sont récompensés. Notre Ugly fait des progrès, c'est stupéfiant.

Mais où était passé Ugly pendant ce temps-là ?

Il n'était plus dans ma chambre, il n'était pas dans son placard ni devant la télé puisqu'elle ne marche plus depuis qu'il a essayé de tuer Dorothée avec le fer à repasser.

Il n'était pas non plus dans la salle de bains qu'on ferme bien à clé depuis qu'il a jeté le sèche-cheveux allumé dans la baignoire où Maman se trouvait et que le docteur Thalidomy lui a fait un massage cardiaque pour qu'elle ne soit pas décédée.

Il n'était pas non plus dans la chambre des parents où il n'a plus le droit d'aller depuis qu'il a failli mourir étouffé en mangeant les petites culottes noires de Maman.

J'ai pensé qu'il était sur le balcon à cause de Oulo Porcelune en face qui jouait Mozart. Ugly est heureux quand Oulo joue. Il bouge pas du tout sauf ses yeux qui lui sortent de la tête comme s'ils allaient traverser la rue. Mais il a pas le droit d'aller sur le balcon car ça fait peur aux gens. Quand Oulo arrête de jouer. Ugly ne supporte pas ça. Il se met à faire son bruit sauvage qui résonne et qui fait tellement peur à la rue qu'à chaque fois les voitures se tapent dedans comme la fois de l'autobus avec toutes les personnes esquintées et la petite fille sous les roues qui vomissait du ketchup par les oreilles.

Ugly n'était pas non plus sur le balcon.

Sur le balcon il n'y avait que son fauteuil.

On a pensé qu'il était tombé mais on a entendu grogner en l'air.

J'ai levé la tête et Ugly était sur le toit devant le ciel.

— Ohmondieumondieumondieu ! Ils ont fait nos parents, comment est-ce que cela est-il possible ?

Eh si c'est possible. Il l'a déjà fait de grimper par les balcons et les gouttières, juste avec la force de ses mains. Mais je l'avais pas dit, j'avais peur qu'il m'écrase encore la main sur le presse-orange électrique.

C'était fou de le voir là sur le toit sans les jambes.

Et dans ses puissants bras il avait pris Bébé. Ça alors.

— Bé-bé ?... il faisait, Ugly Bééé-Bééêêêê ?

Vite Maman a couru téléphoner au secours et Papa a

appelé Ugly. Il essayait de crier doucement avec beaucoup d'amour et de patience. Moi j'avais peur que Ugly jette Bébé. Il le tenait par un bras et il le balançait au-dessus du vide. Bébé criait très fort et mon frère le balançait encore plus fort, tellement fort qu'Ugly a glisssé. J'ai regardé en bas ça faisait haut mais grâce à Dieu il s'est rattrapé à l'antenne de télévision. Ouf.

Mais l'antenne s'est mise à plier drôlement et elle a même cassé.

Papa et Maman avaient les mêmes yeux que la souris, ficelée sur les rails et que le train arrive.

Heureusement Ugly était retenu par la gouttière tout au bord du toit. Il avait encore huit étages pour arriver par terre. Le pire c'était Bébé qui braillait dans tout ça. Ugly ça l'agaçait énormément, ça se voyait comme il tremblait avec ses grosses dents.

Soudain il s'est arrêté de le secouer cet innocent. Il a fait son petit prout de quand il a une bonne idée.

Il a sorti quelque chose de son dos et ça a brillé au soleil en équilibre.

C'était la lime à ongles.

Il en a mis du temps pour ouvrir la petite porte dans le dos de Bébé. Mais il a réussi quand même juste comme les pompiers arrivaient avec leurs casques reluisants.

Bébé s'est arrêté de crier.

Mais soudain ce fut pire que tout.

C'était Madame Portadroite qui arrivait sur son balcon où il y avait le berceau mais vide.

Ugly tenait le Bébé de Madame Portadroite par le cou entre ses dents et on voyait dans le dos de Bébé ça coulait comme plein de vers de terre rouges qui lui sortaient du dos en remuant.

Le bébé ne bougeait plus. Pas plus qu'un petit sac de chiffons.

Mais une fois de plus les courageux pompiers ont sauvé notre Ugly.

Le soir Papa et Maman étaient un peu fatigués. Surtout Papa qui avait mal au bras à cause du ceinturon clouté et du bâton électrique pour maintenir Ugly quand Maman lui a fait la piqûre sous la langue.

La nuit, derrière le mur j'entendais Ugly qui bougeait encore dans son placard. Il pleurait tout doucement. Moi j'étais bien tranquille dans le noir je pouvais jouer avec Majika-Bébé. Je la berçais pour l'endormir. J'avais même pas besoin de lui chanter une petite chanson car derrière le mur Ugly faisait tout bas :

— Béééééé-bééééééé.

Béééééé-bééééééé...

Mais des fois il se trompait, il faisait :

—Ouloooo-Ouloooo.

Ouloooo-Ouloooo.

Des fois Ugly confond.

4

# Ugly fête son anniversaire

Ne bouge pas c'est seulement le lustre qui est tombé sur Papa. Il sent de plus en plus mauvais tu trouves pas ? Ou alors c'est les ordures avec cette chaleur.

Maman est en train de casser toutes les lampes. Je peux pas bouger mais je l'entends. Il faut pas qu'elle nous voit, approche-toi et essaie d'arrêter avec tes dents si tu pouvais.

Pour la lumière c'est pas grave, quand les gens viendront je sais encore où sont les bougies. C'était pour l'anniversaire à Ugly, vous auriez vu le gâteau ! Ça tu peux pas l'avoir oublié. Voilà des instants qu'on aime à évoquer.

— UN-KAN ? tu disais UUUN-KAAAAN ?

— Oui, elle disait Maman en faisant le gâteau, UN-KAAN !

Ugly voulait dire CINQ ANS et Maman voulait dire TRENTE-CINQ ANS. Mais c'est Maman qui avait raison. Ugly a trente-cinq ans comme le temps passe.

Mon grand frère était charmant pour son anniversaire. Il avait un bavoir tout neuf très élégant pour quand il fait sa mousse chantilly des beaux jours avec ses prothèses de jambes qu'il a eues pour Noël d'avant le dernier, et sa culotte de jogging par-dessus. Le plus dur à faire tenir c'était sa grande casquette de coureur en vélo à cause des pansements et des cicatrices que les docteurs lui font tout le temps en lui ouvrant la tête.

Cette belle casquette c'est Tata Starsky qui l'avait tricotée comme cadeau. Elle s'embêtait un peu dans son hôpital de fous psychiatriques mais maintenant Madame Portadroite est dans le même hôpital et ça lui fait une amie. C'est le docteur Laissélévivre qui a eu cette bonne idée. Il paraît que Madame Portadroite passe son temps à mettre des couches-culottes sur des rosbifs qu'elle vole à la cantine. Mais quand elle dort Tata Starsky en profite à quatre pattes pour manger la viande crue en pleurant.

Alors donc pendant que Maman mettait le gâteau au four Ugly a filé sur le balcon pour que Oulo le voit comme il était beau. Justement elle était en train de jouer Mozart la fenêtre ouverte. Ugly était beau et heureux. Quand elle a fini de jouer il a applaudi de bonheur. Il a tapé bien fort avec ses puissantes mains les bras en l'air mais en frappant il a oublié d'enlever sa tête. Ça lui arrive. Il a fallu le ramasser et lui remettre ses jambes et sa belle casquette. J'ai aidé Maman car les invités allaient arriver. Ugly était pas content surtout que Oulo avait refermé la fenêtre sans même le voir. C'est pour ça qu'il m'a pincé très fort le bras.

J'ai tiré ma manche dessus et j'ai rien dit. Tout le

monde sait que Ugly vous pince très fort mais Maman ne veut pas qu'on parle de ça.

La porte a sonné.

C'était Madame Poissy avec Poissy.

Poissy c'est un Comme-Ugly et il vient tous les ans à la grande fête de Cap-Handy. Quand je dis Comme-Ugly c'est pas tout à fait, personne n'est comme Ugly. Poissy est beaucoup plus gros. Surtout sa tête comme la méduse qui coulerait toute molle et collante et pas bien gonflée avec les mêmes petits yeux orange que le dernier regard que m'a fait mon premier hamster quand il a disparu dans la bouche à Ugly.

Ugly était élégant mais Poissy aussi. Bien sûr il avait quelques mouches de collées sur sa tête qui faisaient leur petit bruit de mouches pas mortes et son odeur qui est bien plus sucrée que mon frère.

— Ohmondieumondieu, viens voir qui est là viens vite !

Ugly est arrivé très vite avec son fauteuil. Heureusement qu'il s'est écrasé contre la porte de l'entrée comme ça il n'a pas abîmé Poissy.

— Eh bien qu'est-ce qu'on dit ? a dit Madame Poissy à Poissy.

Poissy a approché sa grosse bouche pour faire la bise à Ugly.

— Ohmondieu ! elle s'est écriée Maman, attention qu'il n'aille pas te coller, Ugly chéri !

— Et toi Poissy fais attention qu'il n'aille pas te pincer !

Ugly et Poissy se regardaient.

— Ils sont tellement trognons, elles ont dit ensemble les deux Mamans.

— Eh bien allez jouer dans la chambre, elle a dit Maman. Ugly montre tes jolis jouets à ton petit camarade et toi, elle m'a dit, aide donc ce petit Poissy à marcher.

— Mais Poissy peut marcher, elle a dit en souriant Madame Poissy.

C'est vrai que Poissy a des jambes. On dirait deux petits jambonneaux mais c'est vrai qu'il en a.

— Oh je vous plains, elle a dit Madame Poissy à Maman, toujours dans ce fauteuil roulant ma pauvre !

— Eh oui, elle a dit Maman, mais il a tellement de force dans ses mains. Et tellement adroit avec ça. Le docteur n'en revient pas.

— C'est comme Poissy avec ses jambes, vous le verriez galoper !

— Vous verriez Ugly avec ses mains, il arrive à faire les nœuds des lacets !

— Quel dommage qu'il n'ait ni pieds ni jambes votre petit Ugly.

— Quand je vois votre petit Poissy avec ses pauvres mains !

— Ah ! mais ça c'est un accident ce n'est pas de naissance... Mais qu'est-ce qu'on entend ?

C'était des coups dans la chambre d'Ugly.

— Je suppose que c'est Ugly qui montre son placard à son petit copain !

— Vous utilisez encore le placard en fer ?! Mon mari

et moi nous avons adopté le caisson capitonné. C'est un peu cher mais quel silence ! Et puis quand on les aime...

— Oh vous savez je suis tellement habituée à l'entendre la nuit avec sa tête. C'est bien simple quand il s'arrête ça me réveille.

Pendant que les Mamans parlaient je suis allée dans la chambre. Ugly était en train de faire voir à Poissy comment il tapait sur la porte quand on l'attachait avec la chaîne de nuit. Ugly frappait de plus en plus fort pour faire voir comme il était costaud de la tête. Moi j'avais peur qu'il s'éclate quelque chose car après c'est toujours moi qui nettoie. Heureusement Ugly s'est arrêté pour laisser Poissy essayer à son tour. Mais ça n'a fait qu'un seul gros bruit mou et la tête de Poissy est resté collée.

J'avais peur qu'il reste comme ça surtout avec le bruit qu'il faisait plus de respirer, alors vite j'ai été le dire.

— On ne coupe pas la parole aux grandes personnes, elle a dit Maman en train de mettre les bougies du gâteau. Que disiez-vous madame Poissy ?

— Je disais c'est si mignon on voudrait pas que ça grandisse !

— Pour ça vous êtes gâtée, votre Poissy à part sa tête bien sûr, il n'a jamais beaucoup grandi.

— Mais Maman ! j'ai dit.

— Laisse-nous parler ! C'est ce que dit mon mari on se demande comment peuvent-ils vivre ces jeunes couples qui n'ont pas d'enfant, quel sens peut bien avoir leur vie, quel idéal ?

— Je suppose que c'est pour cela qu'il y a tant de chiens et de chats, madame Ugly.

— Tout de même ce n'est pas comparable.

— Je suis bien de votre avis. Oh bien sûr il y a des chiens qui vous apportent votre journal.

— Mais comment, elle a dit Maman, votre Poissy ne le fait pas ? Ohmondieu mais notre Ugly fait ça très bien. Il fait ça quarante fois de suite. Il suffit d'avoir la patience de lui lancer le journal.

— J'aimerais voir ça.

— Et puis, a dit Maman en admirant les trente-cinq bougies, un chien est-ce que ça vous fait aussi longtemps ?

— C'est bien vrai. Et puis une bête c'est tout de même pas vous qui avez le plaisir de la mettre au monde.

Du coup je suis retournée dans la chambre. Poissy était toujours collé avec un drôle de bruit. Ugly lui faisait voir ses beaux jouets surtout son petit fer à souder qu'il se sert pour faire danser les cafards derrière la baignoire.

Poissy avait ses yeux comme ma perruche tout étonnée de mourir.

Et alors Ugly a essayé de faire danser aussi les mouches qui se collaient sur la tête à Poissy rien qu'avec son fer à souder.

Il fallait absolument prévenir les mères de ces enfants.

— Pour les petites fessées vous utilisez toujours des gants de jardinage, madame Ugly ?

— Oh ça dépend.

— Nous nous avons adopté la laisse en cuir. Mon mari l'a toujours sous la main et si nous partons en Normandie c'est moins encombrant que toutes ces chaînes !

J'arrivais pas à leur dire alors j'ai été voir et là c'était terrible le bruit que faisait Poissy avec toutes les mouches et les guêpes qui se collaient dessus. Surtout que Ugly ça l'énervait de pas arriver à bien les faire danser ces animaux.

— Maman il faut que je te parle !

— Vas-tu te taire ! elle a dit Maman. Va mettre la belle nappe au lieu de rester là.

J'entendais Poissy dans la chambre qui faisait onf onf.

— Allons les enfants venez vite voir le bon gâteau et Youpi.

Maman a éteint la lumière pour bien faire briller les bougies du trente-cinquième anniversaire de la naissance d'Ugly.

Il est arrivé tout content avec son bruit et sa mousse de sa bouche toute légère. Il tapait dans ses mains en se demandant bien pourquoi il y avait toutes ces bougies dans le noir.

Et Poissy ?

Poissy est arrivé aussi avec ses petites jambes rosées et plein de bestioles qui grésillaient sur sa tête.

Sauf que sa tête elle était pas en entier. Il y en avait un bout qui était resté collé sur la porte du placard. Mais à cause de l'obscurité ça se voyait pas trop.

Heureusement, en quelques semaines ça a repoussé car le Bon Dieu fait bien les choses d'après Papa.

— Joyeux anniversaire ! on s'est écriées Madame Poissy, Maman et moi-même.

Comme tous les ans Ugly a mangé les bougies et il a soufflé le gâteau.

Mais allons bon voilà le téléphone qui sonne.

5

# Ugly sourit

Le téléphone sonne et personne ne peut lui répondre. Moi je dois pas bouger. Maman est occupée à pousser des hurlements avec un marteau pour casser les tiroirs. Elle comprend plus le téléphone.

— Me fais pas ces yeux-là, Ugly, s'il te plaît.

Maman est devenue comme ça. Tout à l'heure elle criait :

— Vive De Gaulle, Vive De Gaulle !

A Singapour tout s'arrangera.

Je me demande qui peut sonner dans le téléphone. Personne ne sait qu'on est encore là. Pourtant ce serait bien quelqu'un, même une erreur.

Quelqu'un pour les pansements de Maman qu'elle a tout mangés et pour débarrasser Papa. Oh oui, et qui m'emmènerait sans me remuer, bien assise et qui te prendrait aussi. On partirait. N'importe où si c'est possible.

Ça y est, Ugly a jeté le téléphone par la fenêtre. C'est pas grave, non, viens avec moi. Regarde, ça fait un peu de lumière qui rentre comme quelqu'un qui sourit.

C'est comme la fois que tu avais souri. Ça j'aime bien m'en rappeler.

— Ohmondieumondieu, c'est un miracle, il a souri, IL A SOURI ! Venez voir, elle disait Maman.

— Chi-ta ? il faisait Ugly, Chiii-tââââ ?

Et c'est vrai qu'il souriait pour la première fois en trente-cinq ans de sa vie.

Maman était pleine de larmes qui tombaient sur la moquette et Ugly aurait dansé s'il avait eu des jambes. Ses gros yeux brillaient comme une maladie et le trou de sa bouche était un sourire.

— Chi-ta ? Chiii-taââââ ?

Chi-ta parce qu'il voulait dire Chantal. Il avait reconnu que c'était elle qui chantait dans la télé, Chantal Goya. C'est pour ça qu'il faisait ce beau sourire. Et ça c'était un autre miracle qu'il l'ait reconnue. La télé Ugly la regardait mais c'est tout. Des fois même il se trompait, il regardait le linge tourner dans la machine à laver.

Mais il faut dire que tu avais eu ton mange-disque si amusant. C'est Tata Merciky qui te l'avait fait comme cadeau, un joli mange-disque qui est un clown avec un gros nez rouge qu'on appuie dessus pour que ça marche avec une grande bouche où on lui met les disques dedans.

Comme disque c'était tout ceux de Chantal.

Ugly les écoutait toute la journée surtout sur le balcon pour faire entendre à Oulo de l'autre côté. Tu faisais des signes tout content avec tes grognements de la guerre du feu pour Oulo qui ne comprenait rien car elle n'était pas là. Sauf cette fois là qu'Ugly appuyait tout le temps sur le gros nez pour faire chanter Chantal et que Oulo est apparue à sa fenêtre comme la fille du roi.

Et Oulo a souri !

Mais moi j'ai bien vu c'est pas à mon frère que Oulo souriait, c'était à une petite télé Sony devant elle sur la table.

En voyant le sourire à Oulo, Ugly est devenu tout immobile à cause de tant d'amour et ses yeux faisaient des petits cœurs comme le loup de Tex Avery.

Voilà pourquoi il a souri pour la première fois ce soir-là à la télé de Chantal Goya.

— Chi-tââââ !

— Ohmondieumondieu ! ils s'écriaient nos parents en souriant à Ugly qui souriait.

Papa et Maman se serraient dans leurs bras.

— L'amour et la patience sont toujours récompensés, ont-ils déclaré.

Et Maman a ajouté dans son nez rouge de larmes :

— Sans oublier l'aspect psychothérapique.

Elle disait ça à cause du petit docteur Psychy qui venait guérir Ugly avec la pointe du progrès. Il venait tous les jours pour instaurer un dialogue enfermé avec mon frère.

Maman voulait embrasser Ugly qui tapait dans ses mains en souriant de plus en plus à la télé.

— Mon petit, mon tout petit, elle faisait Maman.

Mais son tout petit était en train d'applaudir très fort avec ses grosses mains et ça a fait deux grosses claques de chaque côté de la tête à Maman qui est tombée sur son derrière dans les pommes.

Juste à cet instant la porte a sonné et voilà que c'était le petit Psychy.

— Quel remarquable résultat ! s'est-il écrié.

Il s'est précipité pour voir ce sourire de plus près et en passant il a un peu piétiné Maman encore tout assommée.

— Vraiment remarquable !

— Nous allons fêter ça, il a dit Papa qui était arrivé. Il ne faut pas passer à côté des choses simples.

Et en allant dans la cuisine pour le champagne Papa à son tour a marché sur Maman.

Voyant cela le docteur Psychy a remis deux bonnes claques à Maman. C'était une bonne idée car elle a refait connaissance en disant :

— Tu as raijon Papa.

Papa lui a demandé pourquoi.

— Quand la chienche et l'amour se conchuguent, l'echepoir renaît !

Elle parlait comme ça parce que ses dents s'étaient décrochées avec les claques. Ça lui arrive car ses dents c'est pas des vraies. Les vraies c'était au 14 juillet chez Tante Happy à la campagne où Maman s'était endormie dans la chaise longue la bouche ouverte où Ugly lui a mis un gros pétard allumé dedans.

— C'est une farce qui tourne mal, il a dit Papa.

Et aussitôt il s'est cassé le nez.

En cherchant les dents de Maman dans les graviers il

a marché sur les dents du râteau et le manche est venu précipitamment heurter la tête à mon père.

Après ça au téléphone il criait si curieusement que l'ambulance pour Maman ne voulait pas se déplacer. L'hôpital au téléphone lui disait que c'était pas drôle de faire des blagues avec une pince à linge sur le nez. Plus Papa criait et plus on lui disait que son imitation ne valait pas un clou.

Pendant ce temps Ugly avait retrouvé les dents. Il les a avalées avec pas mal de graviers.

Voilà pourquoi ma mère elle a un dentier et tout le monde était content avec le champagne dans la cuisine à la bonne franquette.

— A la santé de notre brigand, il a dit Papa avec son verre.

— A la chanté, elle a dit Maman avec ses dents.

Le petit docteur Psychy a demandé :

— Qui a chanté ?

Ils ont ri.

— Cette thérapie me semble autoriser tous les espoirs, a dit Psychy.

Il voulait parler de ce qu'il faisait avec Ugly.

— Ne croyez-vous pas, il a dit Papa, que c'est tout bonnement ce mange-disque avec le clown qui sourit et les jolies chansons de Chantal Goya ?

— Je ne crois pas, il a dit Psychy avec un petit sourire pour faire croire qu'il était même pas vexé. Mais il suffit de faire l'expérience de confisquer ce... et on verra bien si c'est ce... ou bien ma méthode qui...

— Nous vous faijons confianche, docteur Pchychy, elle a dit Maman.

— Chérie, pourquoi tu ne remettrais pas tes dents un peu en place ? il a dit Papa.

C'était une bonne idée mais elle a pas eu le temps. Devant la télé Ugly s'est mis à faire son bruit épouvantable.

C'était pasque Chantal Goya c'était fini.

Il avait ses gros yeux blancs comme de la colle et il souriait plus du tout. Alors vite je suis allée m'enfermer à clé de peur dans les ouatères mais j'ai quand même entendu les carreaux quand il a jeté la télé et le bruit en bas dans la rue du taxi qui est entré dans la boucherie si bien que dans toute cette viande on savait plus si c'était du bœuf, du mouton ou du chauffeur de taxi.

J'ai entendu les coups de chaîne sur Ugly et le docteur qui cassait toutes ses seringues dans mon frère et aussi Maman qui faisait Ohmongieumongieu.

Quand je suis sortie j'ai compris qu'ils avaient emmené Ugly dans son placard à cause des traînées dans le couloir.

Comme j'étais toute seule avec toutes les odeurs que mon frère avait faites partout, je suis allée voir Maman dans sa chambre avec sa crise de nerfs et Papa très épuisé avec la grosse chaîne où on voyait un peu de rouge.

— Sois pas nerveuse, il disait Papa, le docteur est là il s'occupe du petit, sois pas nerveuse.

On entendait Ugly qui tapait sa tête.

Mais tout à coup ça s'est arrêté et voilà qu'on entend une jolie chanson de Chantal.

Et puis Ugly qui faisait :

— Chiii-tââââ ?

— Ohmongieu, elle dit Maman dans les bras de Papa, tu crois qu'il va encore chourire, tu crois ?

— Le docteur est là, il a dit Papa, confiance !

Et puis la chanson est devenue très douce et on n'entendit plus Ugly.

— Il s'est endormi, a dit mon père, comme un gentil petit que sa Maman berce. Il s'est endormi en souriant.

— Ohmongieu ! che veux voir cha, s'est écriée Maman.

Elle est allée voir ça, avec Papa derrière et moi derrière Papa.

Ugly était devant la porte de son placard avec la chaîne attachée à son collier.

Il dormait pas mais le docteur dormait ou bien il faisait semblant, on savait pas au juste. En tout cas il souriait. Il vous faisait un très grand sourire d'une oreille à l'autre.

— Va-t'en d'ici, regarde pas ça, il m'a crié Papa.

Mais j'avais déjà vu que le sourire du docteur c'était Ugly qui l'avait fait avec un morceau de verre cassé de la fenêtre. Un grand sourire comme la bouche du clown mange-disque car Ugly avait enfoncé TOUS les disques de Chantal Goya dans la bouche du petit docteur Psychy.

Mais mon frère avait appuyé de toutes ses forces sur le nez du docteur ça faisait pas de musique du tout.

Seulement du jus genre grenadine qui moussait un peu. Et un petit bruit d'os cassé comme celui du chien quand la grosse dame s'était assise dessus.

Il était bien déçu mon frère.

Mais moi toute seule je savais bien que c'était à cause de Oulo Porcelune.

Comme il dit Papa :

— L'amour c'est le dépassement de soi.

Dans sa main Ugly tenait toujours le morceau de verre du sourire du docteur. Il suçait le rouge qu'il y avait un peu dessus.

— Chiiii-tââââ ?

Et jamais plus il n'a souri.

Mais tu te rappelles de ce que Maman disait :

— Echpéranche et pachienche !

6

# Ugly et Papy Mécano

Vous croyez que les vers de terre ça mange des parents ? Je veux dire quand ils sont devenus comme Papa.

— Blek, Blek, j'entends.

J'ai un peu mal à mon ventre car Ugly m'a posé sa lourde tête dessus et il me serre avec ses yeux qui me demandent si Maman va venir. Bien sûr, Ugly, c'était pour de rire ces simagrées, elle va revenir ta mère et ton père aussi, comme il dit :

— C'est dans les épreuves qu'on mesure les difficultés.

Tu sais qu'on peut pas oublier ce qu'on voudrait. On peut juste se rappeler autre chose à la place. Comme ça on oublie un peu ce qu'on veut oublier mais bien sûr ça revient. Comme les sept petits nains. Tu m'écoutes, Ugly ? Ça revient comme les ambulances, tu comprends ? Il comprend pas. Il tète le bout de ma chaise. Ça fait blek-blek comme bruit, blek-blek-blek. On entend que ça et Maman avec Papa.

Oui comme les ambulances qui venaient souvent. Téfoutu-Téfoutu, tu faisais pour imiter leur bruit. Téfoutu. Ça nous faisait bien rire. Tu aurais été heureux si tu avais compris. Mais tu étais peut-être heureux de quelque chose que personne n'a jamais compris. On ne sait jamais rien avec les gens.

Téfoutu c'était à cause de la jolie petite ambulance qu'il avait eue de Papy Mécano qui était venu exprès voir son petit Ugly de loin. Une jolie petite auto, oh oui !

Ah si seulement j'étais comme mon grand frère, si je remuais tout le temps avec de la mousse, si j'avais des varices partout avec pas de jambe et un placard en fer, alors là, oui j'en aurais plein de l'amour et des ambulances !

Mais tout le monde s'en foutait et le soir on allait faire une petite fête juste entre nous, il a dit Papa à cause de l'harmonie familiale si précieuse à l'équilibre affectif de notre sacré pirate.

Il y aurait Papa, Papy Mécano, Ugly, Maman et moi. D'habitude Papy venait avec Mamie mais la pauvre était morte dans la terre à Villemonble. Il avait seulement amené sa caisse à outils pour bricoler un peu dans la maison. Mais pour que Maman soit là ce soir-là il fallait d'abord la sortir de l'hôpital car elle y était. C'était à cause de la fois que Ugly était gentiment en train de jouer aux fléchettes. Mon frère est très fort pour ça, comme pour le revolver dans Tonton Starsky. Il gagnait à tous les coups et chaque fois il s'applaudissait. Mais moi j'avais bien peur qu'il oublie d'enlever les fléchettes qu'il tenait et que ça fasse comme quand Tata Merciky m'avait offert mon petit canari qui était un oiseau. Ugly a applaudi et le canari dans sa main est devenu tout plat avec ses malheureux petits intestins entre les doigts à mon frère.

Mais aucune fléchette ne lui a traversé la main. Il y en a seulement une qui est tombée dans le grille-pain. Ah ben oui encore ce satané grille-pain. Ugly a mis sa main dans la fente pour rattraper sa flèche mais sa main est si grosse qu'elle est restée coincée dans ce machin qui s'est mis à chauffer tout rouge. Il a fait son bruit de quand il se brûle la main gauche. Il la secouait très fort et ça faisait comme un gant de boxeur sauf que c'était le grille-pain.

Il avait l'air de danser en tournant avec son fauteuil dans la cuisine mais il était tellement mécontent qu'il a lancé une fléchette de rage exactement au milieu de la cible sur la porte, là où vous gagnez mille points. Et juste comme la flèche arrivait Maman a ouvert la porte.

Son œil a fait des giclures presque autant que le canari.

Voilà pourquoi on allait faire la fête pour le retour de Maman de l'hôpital.

Papa est parti en voiture pour la chercher et nous on allait rester bien gentils avec notre Papy Mécano qui ne peut pas trop galoper avec les tuyaux de son cœur qui se bouchent.

On était sur le balcon pour faire coucou au revoir à Papa à tout à l'heure. Ugly faisait coucou bonjour à Oulo en face. Il en profitait car il n'a pas le droit depuis qu'il a envoyé des fléchettes dans le piano de Oulo avec un message d'amour en papier attaché autour comme les Indiens dans la télé. Comme papier il avait mis une pub de la boîte aux lettres avec des tondeuses à gazon offre spéciale chez Conforama le pays où la vie est moins chère. Papa a beaucoup tapé Ugly pour ça mais les varices n'étaient pas abîmées. C'est que Papa ne tape pas toujours au même endroit. Là il avait choisi uniquement le serre-joint d'oreilles et le martinet à l'ancienne. Papa pleurait comme souvent quand il fait ça car ça lui enlève de la force. Maman trouvait qu'il n'avait qu'à se servir du bâton électrique ou du pique-moignon au lieu de venir se plaindre.

Moi j'attendais avec la serpillière. J'ai toujours préféré faire ça aussitôt sinon après c'est impossible à ravoir.

Eh bon, donc on regardait Papa partir mais voilà que sa voiture se mit à ne pas marcher.

Papy Mécano nous a déclaré que c'était pas grave que c'était la batterie, qu'il allait descendre même pas cinq minutes.

Et vite il a pris sa caisse à outils, il est allé sur le palier de l'ascenseur. Mais alors Ugly a cru que Papy s'en allait et il s'est mis à faire son bruit jaune d'abandon.

Il a roulé son fauteuil jusqu'à la porte du couloir que Papy avait pas refermée tellement il allait revenir de suite. Ugly est arrivé juste comme la porte de l'ascenseur s'est refermée automatiquement. Même que c'était sur son doigt. L'ascenseur est parti mais le doigt est resté. En plus c'était un doigt de la main du grille-pain. Ugly s'est mis à faire un bruit terrifiant et je me sentais bien seule en sa compagnie.

Que faire ?

J'ai été dans la cuisine et j'ai ramené le couteau à huîtres pour mettre dans la fente pour ouvrir la porte de l'ascenseur. Ugly criait toujours mais avec son autre main il a glissé le couteau dans la serrure. Il a appuyé très fort. Et CLONK, ça a un peu cassé la serrure mais la porte s'est décoincée et comme ça il a pu enlever son doigt qui n'était pas plus long qu'avant mais beaucoup plus plat.

Vite il a ouvert la porte de l'ascenseur pour aller retrouver Papy. Mais bien sûr comme le système était cassé il n'y avait pas d'ascenseur mais seulement un profond trou où il allait tomber. On m'aurait encore accusée alors vite j'ai attrapé mon frère par son fauteuil, vite je l'ai poussé dans la maison, vite j'ai refermé la porte et vite OUF j'ai fait.

Mais Ugly faisait sa mousse qui pue très mauvais alors je l'ai emmené sur le balcon, comme ça en bas il voyait Papy et Papa.

Papy avait approché sa voiture de celle de Papa. Il a mis des fils entre les batteries avec des pinces et VROUM ! voilà Papa qui est parti.

Ugly tapait dans ses mains tout fier de son Papy. Il faisait des grands signes pour que Oulo voit ça mais c'était fermé les stores à cause de la flèche d'amour.

Papy Mécano a levé sa tête. Il a vu Ugly en équilibre sur le bord. Ohlalalala ! vite il est entré dans l'immeuble pour remonter au plus tôt.

Mais il a pas monté vite du tout. Ça faisait bien lourd cette caisse à outils avec les huit étages à pied car l'ascenseur ne marchait plus le pauvre.

Quand Papy a fait son entrée avec sa bouche tout ouverte il parlait pas mais ses poumons faisaient du bruit.

— Téfoutu ? Téfoutu ? il faisait Ugly à Papy, Téfoutu il a dit quand Papy est tombé en panne et que sa vieille tête est allée cogner contre le couvercle de sa caisse en fer.

Moi c'est triste mais je pouvais rien faire. Quand Papy avait ouvert la porte, un courant d'air avait claqué la porte-fenêtre du balcon et je pouvais plus rentrer car il n'y a pas de poignée à l'extérieur à cause des ravisseurs qui pourraient venir par les toits nous prendre Ugly en otage.

Je tapais au carreau pour qu'il m'ouvre, Ugly, mais il m'entendait pas. Il faisait que regarder tout ébahi la tête de Papy dans tous ses outils surtout le tournevis enfoncé dans son nez.

Ugly faisait son bruit de pleurer exactement comme pour le petit chien Rocky quand il lui avait enlevé sa fourrure à cause de la chaleur avec le couteau à moquette pendant que Tonton et Tata Starsky regardait le face-à-face Chirac-Mitterrand.

C'était vraiment gênant pour moi de rien pouvoir faire sur le balcon pour empêcher que ça salisse toute la maison qu'on lui avait fait son ménage pour que

Maman soit bien contente de voir tout ça avec son œil tout neuf guéri.

Mais alors j'ai vu que Ugly a eu une idée. Une idée que Papa aurait été heureux tellement ça représente de progrès grâce à l'amour.

Dans la caisse à outils il a pris les fils de la batterie et il a mis une pince sur l'oreille d'un côté de la tête à Papy et l'autre pince sur l'autre oreille.

Mais il a regardé l'autre bout du fil tout triste car il n'avait pas de batterie.

Heureusement il a eu encore une bonne idée. Il a arraché les pinces de l'autre bout du fil avec ses dents et il a enfoncé les deux bouts dans la prise de courant.

Hélas Papy ne s'est pas remis en route. Il s'est tendu tout raide, il a toussé une petite fois et puis plus rien du tout.

Il était encore dans cet état en panne quand les parents sont entrés tout joyeux sans se douter.

Et POF ! c'est là que le bocal est tombé des mains de Maman et qu'il s'est cassé avec ce petit poisson rouge par terre qui faisait des bonds à côté de Papy qui n'en faisait plus.

Il a mis longtemps avant de s'arrêter ce poisson sur le tapis. C'est triste car c'était un cadeau pour moi à cause du canari. Et en plus j'étais toujours enfermée sur le balcon toute seule.

Il y avait juste le bruit de l'ambulance en bas de la rue. La même que celle que Papy avait donnée à Ugly. Sauf que dans celle-là il y avait Madame Portagauche et son petit garçon très abîmé car en ouvrant la porte elle n'avait pas vu qu'il n'y avait pas d'ascenseur.

— Téfoutu ! Téfoutu, faisait l'ambulance comme Ugly.

Ça faisait tellement de bazar que j'entendais pas Maman derrière la vitre.

Elle faisait comme à la télé quand il y a pas le son mais je suppose qu'elle disait :

— Ohmondieumondieumondieu !

Mais peut-être qu'elle disait autre chose.

7

# Ugly tire les rois

Ce serait quand même trop bête de passer le plus beau jour de votre vie enfermé dans une armoire. C'est ce qui risque de lui arriver à Maman. Elle a avalé tellement de médicaments et de ouisky qu'elle s'est enfermée dans la penderie en croyant que c'étaient les ouatères. C'est dommage, Ugly est devenu tellement gentil. Je suis sûre qu'il va sourire encore une fois. Comme disait Papa :

— La joie est au bout du tunnel.

Maman serait si heureuse ; oh oui si c'était aujourd'hui que l'amour et la patience étaient enfin récompensés ! C'est vrai que tu es très gentil Ugly. C'est parce que je te parle. Je comprends pas ce que tu comprends mais tu aimes bien le bruit que ça fait. Tu mets ton oreille contre moi pour entendre d'où ça vient comme tu faisais pareil avec Maman quand elle te parlait après les punitions.

A Singapour tu souriras ou bien tu parleras, même les deux. Nos parents ont fait tellement de sacrifices aux quatre veines.

Tu te souviens par exemple le docteur Rivioly ? Il était épatant avec sa couronne de roi, celui-là.

— Ka-Do, tu disais, KAAA-DOOOO ?

— Non, GÂ-TEAU, elle disait Maman, GÂÂÂ-TEEAAUUU.

— Ka-Do, Kaa-Doo, KAAA-DOOOO !

Pendant deux mois tu disais que ça.

— Ka-Do ?

— Oui Maman va faire le bon gâteau pour Ugly, le bon GÂÂÂÂ-TEAU, elle insistait, pour tirer les rois avec toute la famille.

Elle avait bien tout expliqué : le gâteau, les rois, la fève et la couronne.

Ugly la regardait faire en mangeant des vers de terre frites, son plat préféré dans la cuisine. Mais il aimait la bonne viande aussi. Sans vouloir reparler du pauvre Tonton Starsky tu aimais ça la bonne vian-viande. Oh oui, elle disait Maman en montrant le hachoir, de la bonne vian-viande il y en aura dans le gâteau, GÂÂÂ-TEAU !

— Ka-Do ? il a redit Ugly.

Maman était un peu épuisée que Ugly n'y arrive pas. De temps en temps elle lâchait ses nerfs. Elle l'attachait et elle le tapait. A chaque coup pour lui rentrer dans la tête elle criait :

— Gâââ-teau !... Gââââ-teau !...

Des fois après elle pleurait devant l'armoire à pharmacie.

C'est que ça coûtait beaucoup de sous depuis que le docteur Rivioly faisait des séances à Ugly pour le faire parler français comme tout le monde. Oh oui il en fallait de l'amour vingt-quatre heures sur vingt-quatre surtout quand elle est revenue de la salle de bains et que Ugly était tout blanc et tout étouffé car il finissait de manger le paquet de farine. Il disait gentiment :

— Ka-do ?

— Ohmondieumondieu mais qu'est-ce que j'ai fait au Bon Dieu ?

Et là Ugly l'a regardée avec ses yeux de la tête et il a dit d'un seul coup :

— GÂ-TEAU !

Alors là Maman a applaudi de joie et toi aussi, Ugly.

Avec son poing il se tapait sur les cuisses. Sauf que entre son poing et ses cuisses il y avait la table qui s'est renversée en cognant sur la bassine de vers de terre frites et voilà toute l'huile bouillante qui tombe sur la gueule à Pompidou.

Quel dommage ! Pompidou on allait justement lui enlever les pansements de la dernière fois, non décidément.

La dernière fois c'est quand Ugly l'avait envoyé en parachute pour aller chez Oulo. Tu t'étais dit que comme ça Oulo Porcelune caresserait Pompidou et qu'elle laisserait un peu son odeur à elle et quand Pompidou reviendrait tu pourrais la sentir dans ses poils. C'est joli comme idée d'amour sauf que le parachute c'était mon parapluie jaune que m'avait donné Tata Merciky et qu'il est tombé dans la rue sur le pare-brise du camion-poubelle avec le chauffeur qui a freiné si brusquement que les deux monsieurs-poubelles derrière ont été avalés dans la machine ainsi que Pompidou qui arrivait en tombant.

En sortant de là ce chat n'était pas beau à voir mais les pompiers ont réussi à le sauver contrairement à mon parapluie qui a été tout déchiqueté ainsi que les deux monsieurs-ordures.

Ugly était bien déçu car ce n'était pas le parfum de Oulo que sentait Pompidou, bien au contraire. Alors il est devenu terrible. Il a jeté Maman par terre et il a rampé dessus pour la sentir partout en râlant comme les ours qui ne sont pas si gentils que ça.

Ils étaient emmêlés sur le carreau et Papa devait faire attention en frappant de pas cogner Maman aussi mais il a fini par avoir Ugly tout simplement derrière la tête avec le talon de sa chaussure.

Pour en revenir à ce qui se passait, quand même c'était pas de chance pour Pompidou toute cette huile bouillante. Ça sentait comme quand on fait la fondue de poumon. Ce fut surtout embêtant pour son œil. Pompidou a sauté en l'air comme un fou et il s'est buté sur l'antenne du transistor. Son œil est resté accroché au bout.

— Décidément, il a dit Papa, c'est la série. Quand c'est pas les fléchettes, c'est les transistors. Quand tout cela prendra-t-il fin ?

Pas tout de suite hélas. Il y a encore beaucoup de choses qui sont arrivées avec les yeux de la tête.

Heureusement l'autre œil de Pompidou ça va, il était pas abîmé. C'est une chance car il est en verre cet œil-là de Pompidou. Oui en verre de la fois qu'il était tombé dans le vide-ordures. Ça avait coûté bien cher pour lui mettre mais le docteur Laissélévivre avait dit que c'était très important pour l'équilibre à mon frère.

— Ohmondieumondieu, elle criait Maman avec ce chat plein d'huile qui sautait partout.

Ugly, lui ne criait pas. En se renversant, la table lui avait tapé sur la figure et il était assommé par terre, la tête dans l'assiette de Ronron à Pompidou avec un vers de terre frite dans l'oreille.

On était pas près de les tirer les rois.

Papa a enlevé ses lunettes et j'ai cru qu'il allait faire comme des fois de poser ses lunettes par terre et de sauter dessus à pieds joints. Mais non car Ugly a ouvert un œil dans le Ronron et il a dit :

— Gâ-teau ? Gâââ-teau ?

C'était merveilleux !

Maman a quand même fait sa crise de nerfs.

Papa l'a emmenée dans la chambre qu'elle se repose et il est revenu dans la cuisine.

— Bon, il a dit.

Il fallait pas qu'on fasse de bruit sinon elle s'en ira avec Tata Starsky et Madame Portadroite dans l'hôpital de fou psychiatrique, votre pauvre mère.

Mon frère s'est mis à faire son liquide de chagrin mais Papa a dit que c'était pas de la faute à Ugly et d'abord maintenant on allait faire le bon gâteau des rois avec la fève et la couronne et la viande dedans car Ugly adore ça. Et tu faisais ton bruit de quand tu es content en te frottant le ventre.

Papa a siffloté en faisant la pâte pour le bon gâteau tout bien comme il faut la recette et moi j'ai mis le couvert dans le séjour, une assiette pour Papa, une assiette pour Maman, une assiette pour moi et la cuvette à Ugly.

Mais alors le téléphone a sonné dans le couloir de l'entrée. Papa et sa farine sur les mains a parlé avec le téléphone qui était le docteur Rivioly qui habite en Italie. Ils ont parlé des progrès de Ugly et que bientôt il arriverait à dire des mots comme pizza, strada ou piccolo, que c'était plutôt de l'italien comme le docteur Rivioly mais Ugly aussi doit s'ouvrir à la grande idée européenne.

Papa était long au téléphone car le docteur Rivioly est bien bavard.

Ça durait alors Papa m'a dit tout bas que vite j'aille mettre le gâteau dans le four qui était allumé.

J'ai fait comme il m'a dit dans la cuisine et Ugly était bien content.

Après le téléphone Papa est venu voir dans le four en se frottant les mains. C'était bien cuit doré alors chouette on est allés chercher Maman et toute la petite famille était réunie. Papa a apporté le splendide gâteau qu'on a vivement applaudi. Maman a découpé quatre belles parts. Mais pile quand Papa était en train de dire que ça faisait chaud au cœur et que finalement tout ça n'était qu'une question d'amour, il y a eu un craquement dans la bouche à Maman. Elle a fait des gros yeux mais elle a pas crié. Il y a juste des morceaux de quelque chose qui sont tombés dans son assiette et dans le silence avec un tout petit peu de sang collant.

Ça pouvait pas être les dents de Maman puisque je vous ai dit qu'elle a un appareil.

Papa a dit plusieurs gros mots.

J'ai regardé de près dans l'assiette et j'avais bien raison. C'était pas une dent c'était un œil.

Eh oui je vous le disais, encore une histoire d'œil. Mais là c'était pas un vrai. C'était celui en verre de Pompidou. D'ailleurs c'était lui Pompidou qui était cuit dans le gâteau car Papa s'est levé tout violet et il s'est mis à cracher partout comme un dégoûtant la bonne vian-viande.

Et alors là Ugly a crié :

— GÂ-TEAU !... GÂ-TEAU !

Oui il a dit GÂTEAU parce que GATO en Italie chez le docteur Rivioly ça veut dire CHAT. Chat comme Pompidou. GÂTEAU et GATO ça s'écrit comme ça mais ça se dit pareil.

Il est logique Ugly il apprend à parler pas à écrire. Puisqu'il était frit il avait passé Pompidou dans le hachoir à viande.

Dans son assiette Maman regardait l'œil qui la regardait.

Ugly lui a mis la couronne sur la tête. Elle avait la fève donc elle était la reine.

Ugly est logique.

# 8

# Ugly fait sa communion

Au point de vue œil Pompidou n'avait pas eu de chance et Maman non plus on peut pas dire. Mais il y a eu aussi la communion d'Ugly.

— ZAA-ZUUU, tu faisais, ZAA-ZUU. Tu t'en rappelles ? Et Maman te disait :

— Oui c'est ça, JÉ-SUS, le pe-tit-jé-sus.

— ZAAA-ZUU ?

Ah, que tu étais beau avec ta grande aube blanche de ta communion jusqu'en bas de tes roues !

— Ohmondieu, elle disait Maman à l'abbé Chiktyp qui était à la maison pour réfléchir ensemble après cette belle joie.

— ZAAA-ZUU, tu lui disais.

Il te faisait un bon sourire en se frottant ses mains. Tu essayais de te frotter tes mains pareil mais tu pouvais pas car Papa te les avait attachées très bien serrées très fort avec le chapelet pour la belle photo qu'on allait faire de ce grand jour.

Monsieur Kliklak le photographe était là avec son appareil et son visage pâle. En voyant Ugly il a reculé comme font les gens sans habitude. Papa lui a offert un bon jus de vers mais ce Kliklak est devenu encore plus pâlichon. C'était aussi à cause de l'odeur peut-être. Pour ça il fallait voir les gens qui se bouchaient le nez dans l'église surtout les petites communiantes qui se vomissaient tout le Bon Dieu qu'elles venaient de manger sur leurs belles robes.

C'était dur à part pour les mouches qui étaient venues nombreuses pour la cérémonie.

— Ohmondieumondieu, elle disait Maman. Comment vous remercier ?

— Ce n'est pas moi, il a dit l'abbé Chiktyp en levant les yeux vers le lustre.

Sur le lustre il y avait Jésus.

Jésus c'était un petit oiseau rigolo comme un perroquet qui était un ménate. C'était Tata Merciky qui aime tant les oiseaux qu'elle l'avait offert dans une cage pour que Ugly fasse des progrès pour parler car en effet Jésus parlait.

— Za-zu, il disait Jésus.

— Za-zu, il disait Ugly.

— Non, je ne vois pas qu'il y ait sacrilège, il disait l'abbé, puisqu'il y a amour.

— Amour et patience, elle ajoutait Maman.

Sauf que Jésus s'était sauvé de sa cage en profitant de l'arrivée de Monsieur Kliklak. Alors vite Papa a attrapé Jésus par la queue et il l'a remis dans sa cage.

— Pouêt-pouêt, il disait Jésus.

— Pouêt-pouêt, il disait mon frère.

Ugly essayait d'approcher sa grosse main de son

oreille pour entendre le bruit de sa belle montre. Sauf qu'il ne pouvait pas à cause de ses mains attachées pour faire sa prière sur la photo. Moi j'avais peur que ça le rende méchant et qu'on arrive jamais à faire ce sacré souvenir qu'on allait chérir. Surtout que Maman parlait toujours avec l'abbé de cet instant merveilleux où Ugly avait avalé la communion aussi bien que le petit chien Rocky quand on lui donnait un sucre.

Comme a dit Papa :

— L'important ce n'est pas de comprendre avec sa tête, c'est d'aimer avec son cœur.

Je voyais bien que Ugly commençait à grincer des dents avec son jus de moutarde au nez.

Mais Monsieur Kliklak a dit que Ugly fasse un beau sourire.

Malgré moi je pensais au sourire du petit docteur Psychy.

— Oh oui, elle a dit Maman, un beau sourire pour le Bon Dieu.

Mais mon frère ne souriait pas du tout.

— Allez souris, il a dit Papa, tu entends ?

Personne ne souriait sauf l'abbé Chiktyp. J'ai pensé que Papa allait sortir la muselière à clous ou le casque à écharde qui peut aussi donner des résultats satisfaisants. Mais j'avais peur pour les varices sur ta tête que ça fasse des coulures sur tes beaux habits. Ç'aurait été dommage comme photo de communion.

— Regarde le petit oiseau, il disait Papa. Un grand sourire au petit zoizeau OU BIEN JE TE DÉCHIRE LA GUEULE !

Et surtout j'avais peur pour la lumière du flash. Mon grand frère ne supporte pas les lumières violentes comme la fois pour ses dents avec la lumière tout d'un coup que la roulette s'est retrouvée plantée dans la main du dentiste.

Mais Monsieur Kliklak ignorait ces détails et il a appuyé sur le flash.

Ugly s'est mis à faire son bruit de tronçonneuse.

Kliklak tout vert a reculé car Ugly le menaçait avec le chapelet qu'il venait d'arracher avec ses dents.

C'est parce qu'il a reculé encore que Monsieur Kliklak a eu le fil de la télé qui lui a fait un croche-pied et qu'il a glissé sur les billes du chapelet. Il est tombé sur la cage à Jésus surtout ses deux yeux qui se sont bien enfoncés dans les tiges de fer de la cage comme des oignons sur des brochettes ce qui est bien malheureux quand vous êtes photographe.

Et alors le petit oiseau est sorti.

Pas de l'appareil mais de la cage puisque c'était Jésus. Il a fait un petit tour et il s'est posé juste sur le lustre au-dessus de l'abbé Chiktyp.

Pendant que nos parents essayaient d'enlever les bouts de fer dans les yeux de l'imprudent Kliklak, Ugly a arrêté de faire son boucan. La tête penchée sur sa montre bénite il lui écoutait son cœur qui battait. Il faisait un grand sourire mais personne l'a vu. Sauf son copain Jésus sur le lustre avec ses plumes.

— Za-zuuuuu ? il disait Ugly.

Et là, sans le faire exprès, Jésus a fait un petit caca

d'oie qui est tombé pile sur les lunettes de l'abbé Chiktyp.

— Pouêt-pouêt, il a fait l'abbé.

9

# Ugly et Jeudy

*Merci à Cami.*

Tu entends aboyer ? Oui c'est Maman qui fait le petit chien autour du lit. C'est pas pour mordre c'est pour chasser les mouches à Papa. Non, ne va pas voir Ugly tant qu'elle aboie elle nous fait pas de bêtise.

Toi tu faisais le petit chien encore mieux. Ouah, Ouah. C'était vraiment des gros progrès que tu avais fait grâce à la télé, je me souviens.

Pourtant papa n'aimait pas trop que tu regardes la télé qui aurait pu t'appauvrir au plan culturel même s'il y a quelquefois des bonnes émissions mais rarement.

Là Ugly était à quatre pattes devant le poste, enfin pas vraiment puisqu'il n'a pas de jambe, sinon il ne serait pas Ugly.

C'était juste après que Pompidou était mort en hachis Parmentier à part son œil de verre. Ugly n'avait plus de goût à rien à part quand Oulo jouait Mozart en face mais c'était jamais. Même quand on lui faisait des tartines de cervelle de vers crue il chipotait lui qui pouvait vous en vider des cuvettes. Et voilà qu'il avait reconnu ce petit chien dans la télé alors que d'habitude il y comprend rien.

Mais comme dit Papa :

— Nul n'ignore ce que tout le monde ne sait pas.

— Ouah, Ouah ! il faisait Ugly.

Quel bonheur ! Papa et Maman étaient tombés à genoux de chaque côté de la tété avec leurs mains jointes comme le monsieur et la dame dans la crèche à l'abbé Chiktyp sauf que c'était pas l'enfant Jésus sur la paille, c'était Ugly sur la moquette et que dans le temps du Bon Dieu il y avait pas de petit chien dans la télé.

Mais encore plus formidable c'est que tu faisais TOUT comme ce petit chien qui était un savant car il savait compter. Si mettons le monsieur lui montrait le chiffre DEUX, le petit chien bougeait DEUX fois la tête. Si c'était le chiffre QUATRE il bougeait QUATRE fois la tête, et... et UGLY AUSSI !

Nos parents étaient ahuris de bonheur.

Attention, encore plus difficile. Le petit chien se met à reconnaître les sept jours de la semaine. Si c'était mettons LUNDI, hop il tape par terre avec sa patte UNE fois. Si c'était MARDI, hop il tapait deux fois, et ainsi de suite, et... écoutez bien vos oreilles : UGLY TAPAIT AUSSI !

Sauf que Ugly a des grosses mains très fortes et quand ça a été MERCREDI, au troisième coup il a cogné sur la télé et tout s'est arrêté.

Mais c'était pas comme une autre fois qu'il avait fait exploser le poste. Ça avait tout brûlé les cheveux de Maman si bien qu'elle était toute malade et toute chauve avec de la fièvre et qu'elle a pris sa température avec le thermomètre où Ugly avait mis du piment très fort. Elle courait dans la maison comme un petit bolide. Elle a fini par s'écraser contre la porte de la salle de bains qui était fermée à cause de Papa dans la douche qui chantait j'aimerais bien voir Syracuse.

Là devant la télé en panne avec plus de petit chien Ugly est devenu comme chaque fois qu'il aime quelque chose et que ça s'arrête.

Moi vite j'ai été me cacher pour pas entendre quand Papa allait lui mettre le serre-joint et le coussin barbelé. Mais Papa n'a pas fait ça du tout. Il a eu la bonne idée de continuer le petit jeu éducatif sauf que c'était lui qui faisait le monsieur de la télé et que Maman faisait le chien. Papa criait un chiffre mettons QUATRE et Maman remuait la tête quatre fois. Et Ugly aussi. Ou bien Papa hurlait :

— Mardi !

Maman tapait sa main deux fois sur la moquette et mon frère faisait pareil très fort sur son fauteuil. Papa riait bien et Maman aboyait pour de rire. Ugly n'avait jamais fait de tels progrès. C'était bien amusant sauf quand Papa a dit SAMEDI. Ugly est tombé raide assommé car il s'était tapé très fort six fois sur sa tête.

Mais comme ça on a pas eu besoin de la petite bombe à gaz pour l'endormir. On l'a tiré jusqu'à son placard avec juste des petites chaînes pour la nuit notre cher diablotin.

Quand il a appris ça le docteur Laissélévivre a bien

réfléchi pour continuer dans la voie du progrès, il a dit. Et c'est comme ça que le mercredi Jeudy est arrivé.

Jeudy c'était le nom du petit chien enfermé dans un joli panier au bout du bras du monsieur qui lui faisait faire le savant dans la télé. Oui, c'était lui en personne qui est venu. Camy il s'appelait comme nom avec un petit chapeau. Si c'est pour aider un enfant, avait-il déclaré le cœur sur la main, il voulait bien prêter son chien malin. Mais seulement voilà il pouvait le laisser que huit jours car après il l'emmenait en Amérique.

— A bientôt dans huit jours, il a dit.

Il allait prendre l'ascenseur mais Papa lui a dit que ce serait mieux de descendre à pied à cause de ce qui était arrivé à Madame Portagauche.

— Vous avez beaucoup de courage, il a dit Monsieur Camy. Il en faut de l'amour.

— Et de la patience, il a dit Papa.

— Ohmondieu, elle a ajouté Maman.

— Ouah Ouah, il a dit Jeudy en sautant de son panier.

Ugly était content quand il a vu Jeudy. Toute la semaine ils se sont bien amusés.

Ugly faisait tout pareil même de faire le beau quand vous lui jetiez un su-sucre. Il sautait en l'air, et tout. Évidemment ça lui faisait bien mal quand il retombait sur ses moignons mais il venait pas se plaindre.

Bien sûr j'aimais pas trop quand mon frère me léchait la figure avec sa langue blanche et quand il mangeait les boîtes de Canigou comme Jeudy. Il avait pas compris qu'il faut manger seulement l'intérieur. Pas la boîte.

Il suffisait de lui écrire un chiffre sur une ardoise et Ugly tapait avec sa main autant de fois sans se tromper. Mais attention il fallait pas lui écrire un chiffre plus grand que HUIT. Au-dessus ça pouvait être embêtant comme la fois sur le balcon avec Jeudy qu'il a soudain vu Oulo en face qui suçait une glace avec des lunettes noires.

Ugly s'est mis à donner des coups très forts sur le rebord pour faire voir à son amour comme il était savant.

Il arrêtait plus en faisant rhân rhân avec le sang de sa main qui éclaboussait le ciment que Jeudy léchait.

Tout ça parce que Oulo avait un ticheurte noir comme une ardoise avec en gros écrit *501*. Alors évidemment.

Mais quand même, ça a été une bonne semaine dans la vie.

Quand Papa sortait la chaîne Ugly aboyait tout content comme quand Jeudy voyait sa laisse pour aller se promener. Même que Papa a eu la bonne idée de lui bricoler une belle niche de chien avec écrit UGLY. Il est allé au BHV pour acheter une scie comme la pube de la télé qui fait perçeuse aussi.

C'était chouette à part quand Sandrine la petite fille âgée de trois ans de la voisine du dessous est venue dire que sa maman dormait depuis deux jours dans des nouilles.

Elle avait de profonds sanglots et on comprenait pas surtout à cet âge-là.

Maman qui était au téléphone avec Madame Poissy m'a dit d'aller voir ce que disait cette petite.

J'ai descendu mais j'ai eu bien du mal à regarder ce que je voyais.

Il y avait plein de poussière et de cailloux sur la table. La maman de Sandrine était froide avec sa tête dans une assiette de nouilles et plein de sauce marron qui était sortie de sa bouche.

J'ai compris que mon frère avait tapé tellement fort par terre chez nous qu'un bout de plafond était tombé sur la maman dont la petite fille est devenue à moitié orpheline sur le coup.

Je ne savais trop que dire mais Sandrine m'a pris la main avec son nounours dans l'autre et on a remonté chez ma maison.

Sandrine n'avait jamais vu Ugly mais elle a même pas eu peur au contraire. Mon grand frère a attrapé la petite fille pour lui faire un bisou. D'habitude les gens se repoussent mais elle ça la faisait rire comme de la chatouille et Jeudy les regardait avec sa queue en l'air.

Ils sont devenus copains tous les trois et ils ont joué à cache-cache dans la maison. Ugly s'entendait bien avec les chiens et les orphelines.

Pendant qu'ils s'amusaient Maman était toujours au téléphone.

— Oh, bien sûr on va encore dire que c'est à cause de notre Ugly alors que les gens ont des vieux plafonds dangereux.

Moi j'ai montré à Sandrine toutes les bonnes cachettes de la maison car Jeudy était très malin comme chien. Ugly aussi, pourtant c'était pas facile avec son fauteuil.

Comme Maman était toujours à parler mon frère en a profité pour se cacher dans le débarras de la cuisine où vous devez surtout jamais aller comme dans Barbe-Bleue, surtout pas. Mais avec son odeur et ses grognements, Sandrine le trouvait du premier coup.

Quand même j'avais peur de ce que ferait Ugly quand Monsieur Camy allait venir chercher Jeudy. Je pensais qu'à ça, comment mon frère allait devenir méchant en douce avec moi comme quand il est malheureux dans la salle de bains avec le verrou et qu'il me met du martinet sans ma culotte.

Quand Monsieur Camy est revenu Ugly lui a fait la fête en le léchant partout. Monsieur Camy n'a pas voulu boire un verre de jus bien frais car il était pressé. Papa lui a dit de bien faire attention pour l'ascenseur et voilà.

C'est quand la porte s'est refermée qu'on a entendu le cri terrible. On est sortis pour voir Monsieur Camy qui était par terre tout raide alors que son petit chapeau roulait dans l'escalier.

Le beau panier s'était ouvert et dedans il y avait Jeudy.

Il ressemblait à un lapin qu'on va faire cuire.

Il y avait autant de morceaux, pareil avec des poils en plus. Ugly ne l'avait pas dépouillé avant de le découper avec la scie du BHV que Papa avait bien cachée dans le débarras de la cuisine où il faut pas aller.

— Ohmondieumondieu.

Maman criait sans rien faire d'autre et Papa n'était pas moins stupéfait.

Et Ugly ?

Il tapait par terre avec sa main comme le petit Jeudy. Il comptait les morceaux : un coup pour une cuisse, un coup pour la carcasse, un coup pour la tête.

Il comptait bien mon frère, il se trompait pas. Il tapait pour reconnaître les jours, vendredi, samedi, dimanche...

— Je vais le tuer, il a dit Papa, tout simplement je vais l'étrangler, je vais l'éclater.

Mais moi j'ai compris quand Ugly s'est arrêté de compter. Il s'est arrêté sur HUIT.

Il regardait les morceaux qu'il avait bien découpés sans se tromper. Les huit morceaux de Jeudy. Oui, Ugly avait très bien compris ce que le gentil Monsieur Camy avait dit :

— Je viendrai chercher JEUDY EN HUIT.

10

# Ugly et la télé

*A Isadora Duncan.*

Sois sans inquiétude. Les docteurs ne peuvent plus venir maintenant. Et du côté de Papa tu ne risques plus grand-chose. Ta tête coule un peu, je sens.

Mais ne me lèche pas si fort avec ton besoin affectif. Tu me mets plein de bave dans les oreilles et je n'entends plus rien. Je ne vais plus entendre Maman sous l'évier qui se tortille en mangeant des cafards avec du Paic citron.

Comme disait Papa : « Ayons confiance en la vie. » Il faut juste attendre. Je vais te parler encore. Écoute moi.

On voit plus rien. Les vers de terre recouvrent complètement les fenêtres et toutes choses. Dehors aussi peut-être le palier, l'ascenseur, l'escalier et tout. Ne jette pas encore la télé dans les carreaux, Ugly. Ça ferait un peu de lumière, mais on aurait plus de télé. Je sais bien qu'elle ne marche plus mais ça fait des souvenirs. Par exemple tu te souviens quand tu allais passer dans la télé ? En voilà encore une histoire.

Tééé-léééé ? il disait Ugly, téééé-léééé ? Ouiiiiiii ! elle disait Maman tellement elle était réjouie. La télé va faire voir tous les bons progrès de notre gros bébé !

J'avoue, il disait Papa, j'avoue que pour une fois je trouve très bien de montrer des choses positives et pas toujours des horreurs.

La maison était toute bien propre.

On s'était appliqués avec de l'amour et de la patience. Les roues du fauteuil étaient bien astiquées. On ne voyait plus les taches rouges de quand Papa doit se servir de la règle en fer pour les petites punitions sur les doigts. Ugly avait un bavoir en plastique tout neuf à cause de son jus qui est toujours un peu plus vert quand le printemps revient, ce qui était le cas en ce début d'avril.

Les chaînes, les fouets, les sangles, le collier étrangleur tout avait l'air flambant neuf. Même ce bon vieux placard. Papa avait parlé de l'insonoriser mais vous le savez Maman a toujours préféré entendre son Ugly quand il cogne sa tête la nuit sinon elle n'arrive pas à dormir. Bref, tout était prêt et la télé est arrivée.

La télé c'était une dame qui sentait bon avec un grand sourire et plein de dents blanches. Mais tout ça a vite disparu quand elle a vu Ugly. Elle est devenue blanche en s'accrochant à la porte comme tous les gens la première fois qu'ils LE voient. Et tous les messieurs télé qui étaient avec la dame ne riaient pas trop non plus. Ils toussaient en faisant des petites grimaces à cause de l'odeur. « Nomdedieu ça pue le chien pourri » a dit un des messieurs télé alors que nous n'avons même pas de chien.

— C'est ÇA ? Elle disait la dame télé, c'est vraiment *ça* ?

Ugly la regardait avec sa bouche toute mouillée de quand il est content de voir quelqu'un.

— Téé-lééé ? il faisait à la dame.

Mais derrière elle les messieurs se donnaient des coups de coude comme quand vous avez fait une bonne farce. C'était le dos de la dame où il y avait un poisson en papier d'avril car on était le premier avril, le jour où on rit. Mais la dame ne riait pas du tout. Elle fixait toujours Ugly.

Pour la mettre à l'aise Maman lui a apporté un grand jus de vers de terre bien frais. La dame encore plus exorbitée a dit que heu... elle voulait rien non merci car elle avait mal à sa gorge. C'est pour ça qu'elle gardait son écharpe.

C'était une belle écharpe très longue bien chaude autour de son cou. Mais décidément cette dame était un peu nerveuse. Elle a sauté en arrière quand Ugly a approché sa main toute souriante de son cou. C'était gentil de la part de mon frère, pourtant. Il voulait juste lui caresser l'écharpe car il aime toucher les choses douces. Ça le fait respirer très fort des fois, avec les yeux qui se ferment et même de la sueur comme il avait fait avec la tête de Kiky mon deuxième hamster qui avait éclaté entre ses doigts jusque sur les cuisses de Maman qui se bronzait sur le balcon.

Mais bon. Là, Maman était bien fière quand il a été maquillé pour la télé. Surtout l'élégante moumoute de cheveux pour cacher les coutures et les varices sur sa tête. C'était difficile. Ugly était si content qu'il faisait son liquide de petits postillons avec sa bouche et il fallait toujours recommencer. Mais comme a dit Papa :

— A quelque chose malheur est bon.

Pendant ce temps-là les messieurs ont tout bien installé leurs projecteurs et leurs caméras. Ils rigolaient par-derrière à cause du poisson d'avril. Mais la dame s'en est aperçue. Elle a dit que c'était pas drôle. Alors un monsieur télé (Patrick, le plus amusant) a eu l'idée de l'accrocher en douce dans le dos à Ugly.

Bref, après toutes ces petites farces comme tout était prêt on pouvait commencer à tourner.

— Ohmondieumondieu, elle faisait Maman.

Et BOUM ! un monsieur a allumé un projecteur et ça a été terrible ! Terrible le bruit que s'est mis à hurler Ugly. Il ne supporte pas les grosses lumières, vous le savez. Le monsieur a bondi de peur et malheureusement sa pauvre tête a cogné le projecteur. Ça a été très long à l'hôpital pour lui enlever tous les bouts de verre dans ses brûlures. Sacré Patrick !

Tout le monde était bien embêté mais un autre monsieur a eu une bonne idée, si on tournait sur le balcon il y aurait assez de lumière.

Alors vite on a refait le beau maquillage à Ugly, on lui a remis une autre moumoute car il avait déjà mangé la première, et voilà.

Pour faire voir tous les progrès d'Ugly Maman a eu

l'idée qu'on mette l'établi de mon grand frère sur le balcon pour faire voir comment il arrive bien à faire des choses avec ses doigts comme par exemple plier des clous.

Moteur. La dame avec sa longue écharpe a dit à son micro combien c'était merveilleux comme quoi avec de l'amour et de la patience Ohmondieumondieu. Coupez.

Aussitôt les messieurs ont rangé tout leur petit fourbi et Maman dans l'entrée a téléphoné à Madame Poissy pour lui dire comment Ugly avait été très bien.

— Téééé-léééé ? Il disait Ugly pendant ce temps-là, téééé-léééé ? il disait ça à l'aquarium car il le confond souvent avec le poste de télé. Tééé-léééé ?

En attendant que les messieurs aient fini, la dame était restée sur le balcon histoire de respirer un peu. Tout le monde était occupé et moi je savais pas quoi faire, alors j'ai rapporté tous les verres de jus que personne n'avait bu dans la cuisine.

C'est au moment où je refermais la porte du frigo que j'ai entendu cet effroyable hurlement.

Vite j'ai été voir.

Ça venait du balcon mais c'était déjà fini. Je veux dire ça criait déjà plus.

La dame de la télé n'est pas tombée beaucoup. Même pas un étage. Juste cinquante centimètres. Comme ça elle s'est pas écrasée tout en bas dans la rue. Elle a chuté juste de la longueur de son écharpe. Oui, car c'est son écharpe qui l'a empêchée de tomber de si haut. Ça l'a retenue par le cou. L'autre bout s'était pris dans la roue du fauteuil à Ugly. Et comme ça les messieurs ont pu la faire remonter en tirant sur l'écharpe. C'était un tissu vraiment solide, c'est ce qu'ils ont dit nos amis les pompiers quand ils sont venus enlever la dame.

C'est vrai que c'était pas joli à voir sa grosse langue qui sortait comme du blanc de jambon. On l'a tournée de l'autre côté pour pas que ça me traumatise.

Mais justement de l'autre côté dans le dos de la dame c'est là que j'ai vu le poisson rouge de l'aquarium qui bougeait encore autour de son clou.

Alors bien sûr vous pensez que c'est Ugly qui a enfoncé ce gros clou sous prétexte qu'il a encore son marteau à la main, et que c'est lui qui a poussé la dame. Mais comme dit Papa, certes c'est une hypothèse qu'il faut considérer, mais comment accuser sans preuve ?

Le poisson rouge a bougé longtemps avec son clou dans l'œil et puis tout le monde est parti. C'était mon troisième poisson rouge. J'étais toute seule et j'ai allumé la télé. On ne pense jamais assez au mal de chien que se donnent ces gens des médias pour nous distraire un peu.

11

# Ugly et Oulo

— Et si c'était Ugly qui était normal et que nous soyons tous des monstres ? Et si c'était d'être normal qui soit monstrueux ?

Papa est tombé de sa chaise juste après avoir dit ça. Il était tout à fait ivre mort. Il est tombé à la renverse tout bonnement. J'entends encore le moche bruit qu'a fait sa tête sur le carrelage de la cuisine que je venais tout juste de laver. Après ça il n'a plus dit un seul mot de toute la soirée.

C'était le soir de Oulo Porcelune. Ça au moins tu t'en souviens, Ugly. Papa s'en rappellerait si seulement il n'était pas en train de pourrir, lui qui rêvait de mourir dans son lit. Tu entends, Maman est en train d'essayer de le soulever avec ses grands rires déments. « Viens danser Papa, elle crie, viens danser le twist ! » Mais Papa retombe tout le temps. « C'est qu'il est lourd le cochon, elle dit Maman, putain qu'il est lourd ! »

Si tu veux mon avis ils n'y arriveront pas, je le crains.

Mais toi tu as dansé avec Oulo. Ou presque.

— Oulo ? il disait tout bas Ugly, Ou-looo ?

J'étais toute seule enfermée avec lui mais j'avais même pas peur. Même pas peur qu'il me tape ou qu'il me coince les doigts dans les charnières ou qu'il me fasse des dessins sur la nuque avec des cigarettes ou qu'il joue au coiffeur avec la scie à pain ou qu'il m'appuie la tête pour que j'écoute le bruit de la plaque électrique. Non. Ugly n'était pas méchant quand il disait « Ou-looo ». J'étais seulement inquiète pour son crâne qu'il tapait sur les carreaux et que ça finisse par déranger Papa et Maman qui parlait avec Madame Feuny.

— Ouuuuu-loooo ? il répétait doucement mon grand frère avec ses yeux.

Ça coulait sur ma main qu'il tenait mais j'avais pas envie de l'enlever car il me serrait avec du chagrin.

Il regardait le balcon de Oulo avec personne sauf du soleil.

C'est en sentant le parfum que ça lui avait rappelé tout ça d'un seul coup. Vous avez du chagrin qui peut vous sortir par les yeux seulement pour une odeur. Ça se comprend. Et là c'était à cause du parfum de Madame Feuny. C'était le même que Oulo Porcelune, alors forcément.

Pourtant Madame Feuny était venue pour la pétition comme quoi il faut se débarrasser d'Ugly.

— Ohmondieumondieu, elle avait dit Maman, il ne faut surtout pas qu'elle LE voie. Vite va jouer avec lui. Ah, ces gens sans cœur qui veulent m'enlever mon enfant !

Et comme la dame sonnait, vite j'ai poussé Ugly dans sa chambre.

Là, il a voulu jouer aux escargots qu'on a ramenés de chez Tata Merciky.

Il était bien tranquille à leur enlever leurs coquilles avec les tenailles de son établi pour qu'ils puissent courir plus vite et bien nous montrer leurs cornes. Quand soudain il a sauté par terre avec ses jambes inexistantes et il a marché sur ses grosses mains en écrasant les escargots jusqu'à la porte.

Il respirait très fort dans le silence l'odeur de Madame Feuny.

— Ouuu-loooo, il murmurait.

Il se figurait que Oulo était revenue. Je craignais qu'il courre voir dans le séjour, elle en aurait fait une tête Madame Feuny !

Mais non. Il faisait juste son bruit tout bas de quand il est malheureux et il essayait d'attraper le parfum sous la porte pour le mettre dans son nez.

Il fermait les yeux même le gauche qui ferme pourtant pas très bien, et son jus de larme coulait. Alors je l'ai bercé mon frère car le pire c'est la peine. Pas la peine de quand vous faites votre jus rouge ni même de quand votre Mamie de Villemonble ferme les yeux à tout jamais pour monter au ciel. Non, le pire c'est la peine de l'amour qui vous manque comme des jambes quand vous voulez courir ou comme des mains quand vous voulez jouer du piano.

Bien sûr vous vous demandez comment est-ce que Ugly connaissait-il le parfum à Oulo ? C'est Zazu l'oiseau qui avait fait ça un soir avant de mourir. Ugly était triste comme souvent à cause de Oulo. Il était là à sucer les rideaux avec de profonds sanglots pulmonaires qui lui faisaient cracher des petits bouts tout tièdes. Zazu adorait lui manger ça mais il a quand même voulu consoler son ami Ugly. Il est sorti de sa cage et il a volé jusque chez le balcon de Oulo qui était au soleil dans sa chaise à rayures longue avec de la belle musique et ses cheveux tout défaits.

Zazu lui a juste volé un ruban jaune de ses cheveux noirs. Un petit ruban fluo qu'elle avait enlevé. Il l'a rapporté à Ugly qui est devenu fou de ce larcin d'amour plein du parfum d'Oulo Porcelune. Il le caressait, le froissait, le sentait, le suçait, le mordait, le déchirait, le mangeait, se l'enfonçait dans le nez jusqu'au bonheur.

Mais comme disait Papa au petit docteur Psychy :

— N'est-ce pas un symptôme un peu comment dirais-je, fétichiste ?

Un soir pire que d'habitude d'amour Ugly a avalé le petit ruban. Il en est pas mort, non. Il a recommencé à faire ses yeux de la tête pour Oulo là-bas en face. Une fois il a même bu tout le liquide à vaisselle avec sa bouche pour faire des bulles multicolores de savon qui auraient pu traverser la rue et se poser autour d'elle.

Mais Oulo ne disait jamais rien. Pourtant d'habitude les gens aux fenêtres le remarquaient mon frère. Non, Oulo était indifférente, elle souriait à cause de la belle musique et le soleil sur sa peau de porcelune.

Et Ugly se frottait le cou en arrière sur le dossier de

son fauteuil très fort comme le chat Pompidou quand il avait ses amours.

Un jour j'étais toute seule avec Ugly. Ça faisait des mois qu'il ne faisait que regarder le balcon où il n'y avait jamais personne. Et ce jour-là extraordinairement Oulo est apparue à la belle fenêtre. N'en pouvant plus de joie Ugly a couru à la salle de bains pour se faire beau. Maman était juste sortie pour acheter des bons médicaments. J'ai eu peur pour le rasoir à Papa mais Ugly s'est bien rasé sans même se mettre une lame de rasoir dans l'œil. Il a voulu se peigner mais c'était pas facile car il n'a pas de cheveux. Alors il a mis son bonnet de ski avec le pompon qui lui donne une allure jeune et sportive. Seulement quand il a vu l'eau de toilette Homme sauvage de Papa il a tout bu cul-sec.

Ses yeux se sont mis à tourner comme la grosse boule du tapis vert.

Mais juste Maman est revenue. J'ai couru l'informer.

— Ohmondieumondieu elle faisait, Ohmondieumondieumondieu, elle répétait. Où es-tu mon Ugly chéri ?

Mais Ugly n'était pas dans la salle de bains ni dans sa chambre. Nulle part dans la maison.

— Ohmondieu, mon fils est tombé par la fenêtre après tous les sacrifices que nous avons faits !

En fait Maman se montait le bourrichon. J'ai regardé par terre dans la rue si des fois quelqu'un serait pas tombé, mon frère par exemple. Mais non. Il y avait rien sauf des cris terribles en l'air. Et alors sur le toit de notre maison j'ai vu Oulo qui arrivait au-dessus du vide. Elle hurlait et ses jolies jambes tapaient l'air très vite. Elle se tortillait mais Ugly la serrait très fort avec ses grosses mains contre lui. Avec une seule main pour être précise car de l'autre il rampait sur le toit en faisant son bruit le plus terrifiant. Et je repensais au bébé de Madame Portadroite.

Alors le Papa et la Maman de Oulo ont fait leur apparition en face à la fenêtre du piano. Et malgré les cris sur leurs figures j'ai reconnu Monsieur et Madame Fujy du restaurant chinois à côté de notre boucher Monsieur Sansoulézongle.

Nos bons amis les pompiers se sont beaucoup démenés sur les toits avec leurs belles échelles et tous les gens en bas, leurs petits nez en l'air.

Mais il n'y a même pas eu les avions comme pour King-Kong ni le gratte-ciel pointu. Personne n'a tiré sur Ugly. Pas de photo ni de messieurs télé avec leur fourbi.

Personne n'a retrouvé Ugly sur le toit. Ni Oulo. Tout le monde a bien regardé partout même dans les grosses cheminées toutes noires avec les antennes et les pigeons.

Mais en vain.

Ugly était rentré dans son placard en fer. C'est là qu'on l'a retrouvé avec Oulo. Ils étaient bien tranquilles tous les deux. Ils faisaient pas de bruit du tout comme lorsque vous êtes partis loin du monde.

Et Ugly avec son bonnet de ski souriait à la musique qu'il entendait dans le ouhauquemane que Oulo lui avait prêté. Romance du concerto pour piano et orchestre n° 20 en *ré* mineur de Mozart. Oulo souriait aussi en caressant le petit rat que Ugly lui avait donné. Ce rat secret de la cave était (je le savais bien) le meilleur ami intime à mon frère.

Sauf qu'elle pouvait pas le voir ce rat. Parce que à part la musique elle ne voyait rien, Oulo Porcelune. Ses yeux étaient comme les fenêtres d'une maison de poupée qui seraient fermées. Aveugle si vous préférez. C'était de naissance. Et dans la maison il y avait seulement un piano. Maintenant il y avait aussi un rat très doux contre la solitude.

Oui bien sûr Maman s'est écrié Ohmondieumondieumondieu, bien sûr Ugly a eu ses fessées et ses piqûres. Monsieur et Madame Fujy ont emmené Oulo très loin à Singapour et les stores en face sont fermés à jamais.

Et la dame est partie aussi, Madame Feuny avec sa pétition et son parfum comme celui de l'unique amour à Ugly, mon frérot.

On ne voit bien qu'avec les yeux du cœur. Il faut que les aveugles arrêtent de se plaindre.

12

# Ugly fait la fête

On ira tous à Singapour, mais si je te jure, j'entends la voiture. Me tape pas, Ugly, non. On va partir, on va venir nous prendre, des gens très gentils. On sera bien à Singapour, tout le monde nous attend, tous nos amis. On va se retrouver ensemble comme avant. Oui même le petit chien Rocky, même Mamie de Villemomble, même Papy Mécano. Ils sont sur une chaise au bord de la mer, c'est le soir là-bas. Ils nous attendent avec Oulo qui te sourit et le petit rat aussi.

C'est Maman qui va être contente. Elle sait pas qu'on part déjà, c'est une surprise. Pour l'instant elle est en haut de l'armoire. Elle pleure parce qu'elle peut plus descendre car l'escabeau est tombé sur Papa. Il y a beaucoup de vers là-haut. C'est là que Papa avait mis la terre pour les vers, pour que les papas et les mamans-vers nous fassent des petits bébés. C'est là-dedans qu'elle est Maman. Je voudrais bien la secourir mais faut pas que je bouge, le docteur l'a bien dit. Et qu'il faut pas que tu me donnes des coups de poing. Surtout le ventre. Les bras à la rigueur si tu veux mais pas le ventre.

C'est vrai que tout ça serait jamais arrivé s'il y avait pas eu le mariage pour la fête de Cap-Handy, ça c'est bien vrai.

Ohmondieu que tu étais beau pour le mariage, le grand mariage de tes amis Croûty et Poila ! Surtout ton fauteuil avec les pneus neufs tout terrain. Comme il disait Papa :

— Ces pneus coûtent cher mais avec Ugly pas besoin de souliers vernis !

Poila la mariée elle est comme toi. Elle n'a pas plus de jambe que son fiancé Croûty n'a de bras. Pourtant les parents de Poila lui achètent quand même des collants.

Comme dit encore Papa :

— L'optimisme a des limites.

— Ohmondieumondieu, elle disait Maman, Gly-gly je crois bien que tu as le plus chouette louque !

Moi j'avais peur à cause de la chaleur dans la rue qui vous fait des pressions nerveuses comme la fois que Ugly avait attrapé une installation. Vous auriez senti le jus qu'il nous faisait comme du vieux foie de morue ! Mais là heureusement il avait son petit bob Fleury-Michon.

Tous les amis d'Ugly écoutaient bien dans l'église sauf Aigry le grincheux qui n'aime personne et qui n'a pas d'amis. Avec les deux doigts qu'il a comme des pinces de crabe il arrêtait pas de tripoter son dentier avec des petits bruits de crochet sur les gencives.

— Ohmondieu, elle disait Maman à son klinex, que c'est émouvant cet instant solennel !

— Mais quand fermeras-tu ta gueule ?! il lui disait Aigry.

Tu te rappelles comme ils étaient ravissants les futurs époux ? Surtout Poila toute gentille avec sa robe blanche comme une fée de Monaco et son petit bouquet dans ses grosses pattes poilues et plein de fleurs aussi sur les roues de son fauteuil comme les couronnes pour Mamie qui avaient coûté bien cher alors qu'elle pouvait plus les sentir puisqu'elle était décédée.

L'abbé Chiktyp parlait des innocents qui ont les mains pleines ce qui aurait pu vexer Croûty le futur époux qui n'a pas de main. A la place il n'a rien du tout et c'est pour ça que c'est un artiste-peintre de la bouche et des pieds car des jambes il en a. Pas des grandes, non, des petites jambes comme des pattes de poulet avec des Adidas, mais au moins, lui, c'est des vraies jambes. C'est pour ça que ses parents lui avaient mis un beau short fluo. Comme ça on voyait bien que c'étaient pas des prothèses. Les parents ont leur fierté, que voulez-vous. Ah, bien sûr Croûty n'est pas très grand mais Poila l'avait mis sur ses genoux. Enfin disons sur ses bouts de genou. Croûty c'est pas compliqué, c'est tout le contraire de Poila. Lui il rit jamais, elle c'est une vraie broute en train. Lui il est poilu comme un lavabo, elle, elle avait tellement rasé sa barbe qu'elle avait de l'Urgo jusqu'aux yeux. Le temps que l'abbé Chiktyp nous dise deux ou trois bricoles, sa barbe avait poussé. Alors que le petit Croûty il a une tête de poulet prêt à cuire. Il est sympa Croûty avec ses yeux d'huître grasse qui souriaient à Poila à cause de l'amour qui vous fait ça.

— Je me demande, elle se demandait Maman, comment cette petite Poila va faire pour mettre la bague au doigt de Croûty qui n'a pas de main.

— L'amour, il disait Papa, ne s'embarrasse pas de ces contingences physiques.

— Songeons, il disait le docteur Laissélévivre, songeons au bonheur de ces deux-là ; songeons qu'un jour ce sera le tour de notre Ugly !

— Ohmondieu, elle a sangloté Maman, voir partir mon petit chose !

Et alors elle s'est mise à embrasser Ugly à moitié abruti par les pilules qu'on avait mis le matin dans son chocolat de vers de terre pour qu'il se tienne tranquille.

Maman l'embrassait bien fort partout sur les croûtes de sa tête et j'avais bien peur que Ugly croive que c'était Poussy.

Poussy il faut pas le confondre avec Poissy. Poissy c'est celui avec sa tête collée sur la porte du placard. Il était pas venu car ses parents n'avaient pas réussi à le décoller de la télé. Mais Poussy était là. Lui il tète. Il est bien gentil mais il faut qu'il vous suce tout le temps quelque chose.

Jour et nuit il tète avec son bruit de quand vous marchez dans de la vase. Il faut toujours avoir un morceau de viande sur vous pour qu'il suce bien tout le rouge qu'il y a dedans. Sinon il vous suce vous, attention. Une fois il avait fait un petit baisemain à sa copine Coma, elle s'est vidée comme un gant de vaisselle.

Mais ça s'est bien passé. Même pour la photo Poila a réussi à serrer son époux contre son cœur sans l'étouffer. On a tous bien applaudi. Ceux qui avaient des mains. Les autres tapaient des pieds et le soleil était de la partie.

Quand même le monsieur photographe est devenu bien pâlot pour la photo devant la mairie. Les jeunes mariés se sont embrassés mais ça coulait de leurs bouches. C'est en signant devant Monsieur le Maire que c'était arrivé. Croûty tout ému a pris le stylo dans sa bouche pour signer et alors Ugly son témoin lui a tapé dans le dos pour de rire. Mais mon grand frère ne connaît pas sa force, c'est connu, et le stylo doré s'est planté dans la bouche à Croûty si bien que ça coulait encore pour la photo dans la bouche de sa petite femme. Et comme elle remue tout le temps sa tête comme un gros bidon ça faisait des taches sur sa robe du bonheur. Mais comme a dit Papa :

— Quelle émotion !

— N'est-ce pas, il a dit le docteur Thalidomy, regardez monsieur le curé comme ces deux-là se complètent admirablement. L'un a des jambes l'autre n'en a pas, l'une a des mains l'autre en est dépourvu.

— Eh oui, il disait l'abbé Chiktyp, deux moitiés. C'est cela le *vrai* sens du mariage.

— Vous verrez, dans quelque temps nos deux jeunes

vont venir vous demander de baptiser le premier fruit de leurs amours !

— Oh, vous croyez qu'une telle chose serait… ?

— Ah, certes, il a dit Thalido, il faut espérer que l'enfant aura les deux moitiés, je veux dire LES DEUX BONNES MOITIÉS, sinon il n'y aurait pas d'enfant du tout. Hahahahaha.

Pendant ce temps-là avec tout le monde les jeunes mariés découvraient avec joie tous leurs beaux cadeaux.

Croûty était très content de ses patins à roulettes et Poila de son séchoir à cheveux pour se faire belle.

Mais où était passé Ugly avec son cadeau ? Ah celui-là ! Il fallait vite offrir la surprise dont Tata Merciky avait eu l'idée originale elle qui crée de si merveilleux abat-jour.

C'était des tourtereaux comme cadeau. Deux vrais oiseaux vivants dans une belle cage tout meugnons.

Ce fut vraiment une surprise quand Poila avec ses grosses mains a ouvert le papier doré et que Croûty sur la pointe de ses petits pieds a regardé.

Les deux petits oiseaux bougeaient encore un peu.

Un qui ressemblait à Poila avec ses pattes fraîchement coupées et l'autre comme Croûty avec ses deux ailes arrachées.

C'était terrible le cri que tout un chacun s'est mis à pousser d'effroi.

Ugly léchait les ciseaux à volaille encore tout chauds.

— LAAA-MOUUU ? il disait, L'AAAA-MOOUUU ?

Il voulait dire L'AMOUR mais les gens criaient trop fort pour comprendre. Seul Aigry riait.

Mais ce soir-là c'était aussi la grande fête traditionnelle de Cap-Handy. Tout le monde était au grand complet même ceux à qui il manque quelque chose c'est-à-dire tout le monde.

Tout était bien beau dans la maison avec des guirlandes des bougies de la musique et tout. Pour faire joli Croûty avait mis des tableaux de peinture qu'il avait fait seulement avec ses pieds entièrement à la main.

Pour la bonne ambiance Poila adore faire des farces. Le grand prout dans l'église quand l'abbé Chiktyp s'est assis en souriant c'est elle qui avait mis le coussin péteur. Et dans les cabinets c'était elle aussi qui avait glissé le papier de verre à la place du papier toilette.

Il y avait aussi l'ami Glauky dans les bras de sa maman. Glauky c'est un petit gros très timide, un vieux bébé chauve qui rougit tout le temps.

— Quel courage vous avez, elle disait Maman à Madame Glauky, votre enfant on dirait du serpent.

— C'est juste son eczéma qui fait ça, elle disait la mère à Glauky en lui faisant des poutous partout.

Tout le monde le gifle tout le temps Glauky alors qu'il est très gentil. Il veut toujours des poutous. Bien sûr vous hésitez à cause de l'odeur du trou qu'il a dans le cou sous ses compresses. On a toujours peur qu'il se mette à plus respirer du tout.

— Tire-toi sac à pus, il lui criait Aigry, crève dans ta sauce, furoncle !

Aigry crachait comme d'habitude. Et comme d'habitude Maman avait eu l'idée de faire une grande soirée à thème.

Il y avait Croûty l'artiste, Poila la blagueuse Aigry le grincheux, Poussy le suceur, Coma la dormeuse, Glauky le timide et bien sûr notre Ugly.

— Ohmondieu ils sont sept ! elle a dit Maman, si nous faisions le grand bal des sept nains ?

— Chérie, il a dit Papa, tu m'étonneras toujours comme au premier jour.

Voilà pourquoi tous les amis d'Ugly étaient déguisés en nains de la grande forêt. Comme c'était le soir, la barbe de Poila avait déjà bien repoussé et c'était pas la peine d'en acheter une fausse. Croûty en avait une petite bien taillée avec des lunettes en plus. D'après le docteur Laissélévivre on aurait dit Zigmounte Froheude qui n'a pas dit que des conneries. Ce qui est bien possible.

Poussy-qui-tête lui aussi était réussi et ses mouches avaient l'air bien contentes.

Pour Coma la dormeuse c'est moi qui lui avais mis la barbe blanche et le joli chapeau attaché sur le bocal, car elle est dans un bocal. Pour la fête, ses parents lui avaient changé son liquide bien propre et pour une fois on la voyait dans ses algues. Elle vous souriait en dormant avec ses mains de petite grenouille. La main gauche seulement car la dernière fois de Cap-Handy, Poussy lui a sucé l'autre et elle n'a plus qu'un petit os.

Elle avait ses cheveux qui flottaient attachés par un

joli nœud que sa maman lui avait fait avec son cordon ombilical.

Glauky le bébé malgré sa barbe on voyait quand même les gros boutons dans sa bouche comme des champignons à la grecque mais son chapeau de nain tyrolien cachait sa tête qui fait comme de la méduse de la plage morte. Maman ça la ferait vomir, elle dit. Glauky pleurait fort à cause d'une agrafe pour faire tenir son faux nez rouge. Son Papa l'a bien attaché pour pas qu'il tombe ce qui aurait été dommage en un si beau jour.

— Crevez les avortons, il aboyait Aigry, mais crevez donc !

Et d'autres méchancetés car c'est un écorché vif.

Tout ça avec la chaleur et le champagne de vers de terre, les petits nains s'excitaient drôlement. On s'entendait plus dans ce barouf et les parents commençaient à sortir les petites choses pour les fessées.

Mais Ugly est arrivé.

Ah oui tu étais vraiment le nain le plus nain ! Le chapeau qui restait de Monsieur Camy, la barbe blanche en souvenir de Tonton Starsky et surtout les petites bottes de sept lieues que Maman avait attachées là où tu n'as pas de jambe. Ohmondieu ils étaient fiers nos parents. Ugly se tapait sur la tête comme il fait pour s'applaudir.

— Pan dans la gueule, il criait Aigry.

Chacun hurlait et trépignait. La fête commençait.

— A table ! elle a dit Maman. Ohmondieumondieu elle a fait aussitôt.

A coups de crocs, de bouches, de griffes les sept se sont jetés sur le festin.

Ça grougnait, ça pompait, ça pifrait, ça ventrait, ça mordait, ça vomait, ça baignait, ça pétait. Les parents et les invités rigolaient du spectacle, debout sur leurs chaises pour pas se salir leurs chaussures.

Les sept chéris nous ont tout bien fini, tout bien léché le menu. Appendicite Strogonof, panaché de chatons au vinaigre de Xérès, flegmon à la nage, poupougne poché à la sauce placenta, mal-de-chien à la bordelaise, escarres en brochette, pellicule de veston sur canapé, cervelle de conard sur son lit d'hôpital, tripes à la mode placard, rognons de nourrisson et son riz de vers blancs, panaris mayonnaise, tout (et même le melon au porto) tout a été englouti. Même Coma dans son bocal a bien apprécié le caviar de boutons noirs que sa maman faisait rentrer par le trou dans le couvercle.

— Il faut remercier le petit Jésus, elle disait Maman. Et maintenant il faut enlever leurs cuvettes et laver par terre, nos jeunes vont vouloir danser.

Mais sans attendre ils voulaient tous danser avec moi, car j'étais Blanche-Neige. Tu te rappelles Ugly moi aussi j'étais un petit peu jolie comme déguisement avec mes boucles blondes et ma robe couleur de Prince-viendra. Seulement je pouvais pas danser avec tout le monde. Alors on a fait la ronde comme Dorothée de la télé. Même Coma dans son bocal sa maman me l'a donnée car l'important c'est de participer.

Les joyeux parents faisaient des photos pour les souvenirs de plus tard mais les nains étaient jaloux que Coma soit dans mes bras. Ils se collaient tous que je les prenne. Alors j'ai fait danser Poussy qui suce avec Glauky le bébé, j'ai fait danser nos jeunes mariés Poila et Croûty. Aigry bien sûr ne voulait pas danser avec cette bande de sacs à chiasse qu'il faudrait pendre avec les boyaux de leurs propres mères.

Ugly lui, il dansait en serrant personne dans ses bras sauf Oulo dans son imagination. Alors j'ai mis Coma et son bocal dans les bras à mon frère.

Il y a eu un slow sur le disque et aussitôt Maman a éteint la lumière pour que ça fleurte. Moi j'avais bien peur de ce que l'amour peut faire à des gens qui n'y sont pas habitués. Mais c'était éteint avec la musique douce et juste une bougie qui éclairait deux vers de terre enlacés dans le cendrier.

Et c'est là qu'il y a eu ces cris terribles, terribles, terribles !

J'ai mis mes mains à mes oreilles mais ça s'est rallumé et il aurait fallu que j'aie deux autres mains pour mettre devant mes yeux. Hélas je n'ai que deux mains car j'ai la malchance d'être normale de naissance.

Et alors j'ai tout vu.

J'ai vu ce que Poussy avait fait à Glauky.

— Vide-le ! Vide-le ! il criait Aigry, Vide-lui la gueule !

Mais pas besoin de crier c'était déjà fait. Le petit Glauky pendait tout mou comme un tas de lasagne avec des chaussons de bébé. Ses yeux se fermaient tout blanc et vite. Il respirait mais sans conviction. Tout le jus de son cou était dans la bouche de Poussy qui riait jaune car ça lui coulait sur sa barbiche de nain.

— J'ai l'esprit large, elle disait Maman, mais tout de même quelle éducation, Ohmondieu.

Pendant ce temps-là les parents essayaient de décoller Croûty et Poila. Croûty était en train de périr étouffé à cause de la moustache de sa femme qu'il avait avalée en l'embrassant trop fougueusement.

— Ils vont tous crever, il ricanait Aigry, c'est le plus beau jour de ma vie !

Vite le docteur Thalidomy a sorti sa grosse piqûre dans la nuque à Croûty et la Maman de Poila a tordu le bras de sa fille comme seule une mère peut le faire.

Et il y avait Ugly.

Tu avais dansé gentiment pourtant avec le bocal de Coma dans une main et l'autre pour faire tourner ton fauteuil avec la belle musique.

Mais il était si content Ugly qu'il a tapé dans ses mains et Pof ! le bocal explose en mille morceaux. Et voilà Coma qui tombe sur le coin de la pendule, le seul souvenir de notre Papy Mécano.

— Bravo ! il criait Aigry. Gagné ! Voulez-vous tenter le Banco ! BAN-CO ! BAN-CO !

Et tous les autres répétaient en chœur :

— BAN — CO ! BAN — CO ! BAN-CO !

Surtout Ugly à coups de cuvette sur la tête.

Alors avec des petites gouttes de sueur Papa a enfilé ses gants pour pas se salir avec la chaîne au carbure qui était la plus adaptée d'après les autres parents.

Moi je n'aime pas quand les bouts de fer rentrent dans mon frère. Je me suis tournée et comme ça j'ai vu que les deux yeux de Coma étaient restés plantés au bout des aiguilles de la pendule à Papy. Ça m'a fait penser à l'œil de Pompidou avec les filaments qui bougeaient encore au bout de l'antenne du transistor, la pauvre bête. Et aussi l'œil de verre de la galette des rois et les fléchettes dans l'œil de Maman et les yeux de Oulo. Pourquoi toujours les yeux, je me suis dit ? Mais pas longtemps car les deux aiguilles se rejoignaient avec les yeux au bout car il était minuit. Et c'est au douzième coup de minuit que tout a commencé.

Papa allait donner la fessée mais Ugly lui a attrapé la chaîne avec ses mains si fortes. Notre père a fait des yeux très surpris et puis en deux coups, pas plus, la chaîne lui a fait gicler une grande croix rouge sur sa figure sans connaissance.

C'est ça qui a été le début du massacre de Cap-Handy, il a dit le docteur Laissélévivre. Moi j'ai jamais eu aussi peur et pourtant j'ai déjà vécu treize ans. Jamais de ma tête je pourrais enlever tous ces bruits.

Le bruit du ventre du Papa de Poila quand Poussy-le-goulu le vidait en lui faisant du bouche-à-bouche.

Le bruit des dents de l'abbé Chiktyp contre le marteau à Ugly.

Le bruit de Monsieur Glauky à cause de ce que Poila lui faisait dans son derrière avec la tringle à rideau.

Ohlala c'était dur à entendre tout cela. Et la scie à pain dans le nez de Madame Croûty pour lui mettre une tomate comme les petits clowns. Et le bois du fauteuil sur le crâne de Monsieur Croûty et le fémur de Madame Poussy quand elle a glissé sur Coma et la seringue de cheval dans la langue de Maman et le crochet du portemanteau dans l'œil du docteur et les fouets, les bouts de chaises, les bouteilles, les vers de terre, les lustres, les parquets, les étincelles électriques, les fumées, les briques, les tonnerres et le hard rock qui gueulait et ils riaient ils riaient de toutes leurs dents Aïli Aïlo de toutes leurs forces ils dansaient les sept petits nains à pieds joints sur les papas et les mamans les docteurs l'abbé Chiktyp Aïli-Aïlo en mettant du rouge partout en se barbouillant avec tout le grouillant de ces messieurs-dames tout esquintés Aïli-Aïlo, Aïli-Aïlo, on rentre du boulot, Aïli-Aïlo.

Jusqu'à du silence dans les plâtres.

Du silence et juste mon cœur gros qui me cognait dans le coin du mur car il n'y avait plus que moi toute seule. Blanche-Neige et les sept nains.

D'abord ils ont fait un grand rond de menace autour de moi au milieu.

Je voyais leurs petits sourires dans la fumée et tous leurs yeux.

Ils avançaient au ralenti avec le son qui était coupé sauf les doigts de crabe d'Aigry sur le fer de son fauteuil qui faisait toc-toc.

Toc-toc.

Et là j'ai vu un petit éclair sur les ciseaux à poumon dans la main d'Ugly.

Toc-Toc.

Je me serrais dans le coin du mur mais je pouvais pas plus.

Toc-Toc.

Toc-Toc.

Toc-Toc.

Et puis ils étaient si près que je voyais les petits trous dans leurs peaux. Ils respiraient beaucoup.

— On fait la ronde Blanche-Neige ? elle a dit gentiment Poila, on danse la Capucine ? Dansons la Capucine !

Elle avait la même voix que ma poupée Majika.

Ugly m'a pris la main et on a fait la ronde. C'était pas bien facile de danser dans tout ce tas de parents et d'invités par terre. On était obligés de leur danser dessus un petit peu.

Et puis ça allait de plus en plus vite, de plus en plus fort les fauteuils, les roues, les pinces, les mous, les poils, les barbes, les pus, les taches et les chapeaux pointus et puis je sais plus ça s'est mis à tourner comme à l'infirmerie j'ai glissé sur quelque chose qui était Coma et je suis tombée et tous leurs rires et leurs dents pourries étaient au-dessus de moi qui tournaient qui tournaient qui m'attrapaient et leurs grognements dans mon cou et leur bave dans ma bouche et ils étaient de plus en plus rouges et gonflés surtout Ugly son œil gauche et ses gros pouces dans mes amygdales et mes végétations. C'est Poila qui me serrait le mieux les cheveux par terre et ils me tenaient tous bien fort les bras la tête les jambes et les pinces d'Aigry dans mes cuisses. Je sentais un moignon à Ugly contre mon ventre et j'ai regardé une toute petite fente au coin du plafond et alors que j'avais treize ans mon grand frère Ugly a fait de moi une femme.

13

# Ugly et les bêtes noires

*A Boris Vian.*

— Ohmondieumondieu merci, elle disait Maman en larmes au téléphone de joie, papa, PA-PA ! Oui chère Madame Poussy notre Ugly va être papa ! Le docteur vient tout juste de nous l'annoncer, je voulais vous le dire la première, Ohmondieu !

— Je l'ai toujours dit, il disait Papa, voilà la récompense de l'amour et de la patience.

J'entendais ça pendant que j'allais un peu vomir.

— Ah certes, il disait Papa en tirant l'oreille d'Ugly qui mangeait les klinex pleins de larmes de Maman, tu aurais pu choisir quelqu'un d'autre que ta sœur pour jeter ta gourme, sacré sacripan !

— Je t'en prie Papa ne lui fais pas trop les gros yeux en un si grand jour. C'est le plus beau cadeau que celui de la vie !

— Je vais chercher le champagne, il a dit Papa, et toi Maman tâche de nous sortir tes plus beaux verres !

Ugly m'a regardée. Il a approché son fauteuil et il m'a juste pris la main.

Neuf mois il fallait attendre. Tu te souviens Ugly tu donnais à manger aux fourmis ?

Dans son fauteuil Ugly se penchait au bord du balcon pour voir tout en bas. Il croyait que c'étaient des fourmis mais c'étaient des gens dans la rue avec leurs voitures et leurs jambes. Quand ils avaient leurs parapluies ça faisait des petits ronds comme des confettis.

Mais qu'est-ce que ça mange des fourmis ? D'après Ugly ça mange des choses et il leur lançait des choses : une fourchette, un cendrier, une montre, une télé. Les parents lui criaient même pas après à cause du bébé. Ils refermaient vite la fenêtre du balcon pour faire la piqûre dans le placard avec les chaînes et c'est tout.

Mais une fois c'était jeudi.

Maman était partie, j'étais toute seule avec mon ventre et Ugly. Et les fourmis.

Ce qu'il leur lançait à manger c'était les outils de son établi. Maman l'avait mis là avec des bouts de bois et des clous pour qu'il développe son sens ludique. Et moi fallait que je reste avec lui au cas où, avec ma trousse à couture de Tata Merciky pour faire des habits à mon bébé. Mon bébé en vrai.

Mais dès que Maman est partie Ugly s'est occupé des fourmis. Il se penchait pour leur lancer les clous, les bouts de bois et il allait leur lancer la scie quand il a vu que c'était Papa fourmi qui arrivait avec la voiture dans la rue.

— Paa-Paaa ! il criait Ugly. Paaaa-Paaaaa !

Alors Maman est entrée et elle a vu Ugly en équilibre. Elle a essayé de pas crier mais sa peau c'était comme de la cendre. Quoi, elle a dit, hein, vous êtes sûrs que c'est Papa qui arrive ? Ohmondieumondieu !

Mais c'était drôle qu'elle soit là Maman, ça alors ! Elle était avec son peignoir de quand elle se lève avec ses cheveux partout.

Moi j'étais contente que Papa rentre déjà. Il avait dit qu'il reviendrait samedi avec une surprise pour Ugly et une pour moi et voilà qu'il rentrait plus tôt.

Et bien sûr Papa savait pas qu'on savait qu'il arrivait.

Maman s'affolait dans la maison. Elle a claqué la porte de sa chambre. Elle parlait très vite comme quand Ugly a fait une bêtise que ça va la rendre cinglée qu'est-ce qu'elle a fait au Bon Dieu Ohmondieumondieu.

Derrière la porte avec Ugly on attendait que Papa rentre.

Mais on a même pas entendu l'ascenseur, même pas les chaussures de Papa sur le palier. Il a même pas sonné pour que Maman lui ouvre comme d'habitude. On a juste vu la serrure qui tournait pour faire pas de bruit du tout. C'est à cause de la surprise, je me suis dit.

La porte s'est ouverte.

Il y avait Papa et son bras avec un revolver au bout.

J'étais déçue. Un revolver c'est pas pour les filles, c'était pour Ugly. C'est toujours lui le chouchou surtout depuis qu'il va être papa.

Papa était à la porte comme dans la télé mais pas tout à fait. Quand il nous a vus il s'est mis à crier tout pâle qu'on aille vite dans notre chambre tous les deux et qu'on en sorte plus hein VOUS M'ENTENDEZ !

Oui on l'entendait. J'ai vite poussé le fauteuil. Ugly grognait très fort et j'avais peur d'être enfermée avec lui. Il me faisait ses gros yeux avec que du blanc comme quand il enlève ses bouchons pour me faire voir ses jambes qui coulent. Alors quand il a voulu retourner sur le balcon j'étais tout de suite d'accord malgré les punitions.

Il a encore donné à manger aux fourmis. Mais ça criait. J'ai écouté contre le mur. C'est Papa qui criait et Maman aussi. Ils criaient tout bas. Surtout Papa.

— Salope, il disait, salope.

Alors pour pas entendre d'autres grossièretés j'ai arrêté d'écouter. Et là Ugly a fait « Chuuut ! » et il m'a fait signe de lui passer mes ciseaux de couture avec les petits bouts ronds pour pas se crever les yeux.

J'ai eu peur qu'il les jette à manger aux fourmis mais non c'était quelque chose sur le rebord. Ugly regardait ça très fort avec sa bouche qui gouttait.

Je suis montée sur ma petite chaise et c'est là que j'ai vu les petites bêtes noires.

Elles étaient juste sur le bord, huit je les ai bien comptées. Quatre et après encore quatre. Elles avaient l'air bien gentilles sans bouger comme des grosses olives noires pour l'apéritif de quand le docteur vient. Pareilles. Les grosses c'étaient le Papa et la Maman et les petites les enfants je me suis dit. Et une autre famille, quatre aussi. Sauf qu'on voyait pas leurs yeux mais peut-être qu'ils dormaient. En tout cas c'étaient pas des cafards comme ceux que Ugly m'envoie lui chercher derrière la baignoire pour ses expériences. C'était plus gros et il avait pas encore eu le temps de leur enlever les pattes avec ses dents.

Elles avaient l'air sympa comme bêtes et j'avais peur de ce que Ugly avait dans la tête avec mes ciseaux. Je voulais pas regarder mais il l'a fait sur une des petites. Elle a bougé et la peau de son dos s'est ouverte à l'endroit où mon frère a coupé. C'était tout blanc. C'est devenu rouge et liquide mais seulement quand Ugly a redonné un autre coup de ciseau.

La petite bête n'était pas très contente. Elle s'est dressée et les autres se sont mises à bouger. J'ai entendu encore crier.

C'était Papa qui disait :

— Tu me dis où il est ou bien tu veux que je te plombe ta gueule, grosse truie !

Il y a eu un coup contre le mur comme une claque sur un gigot. J'ai fermé les oreilles.

Ugly a enfoncé toutes mes aiguilles dans la tête des petites bêtes. Il avait du mal et ses dents grinçaient mais il y est arrivé. Du jus bien rouge est sorti mais les bêtes se sont seulement crispées au lieu de mourir comme les scarabées de chez Tante Happy.

— DAN-SEZ ! DAN-SEZ ! il leur disait Ugly. Mais pas une qui voulait danser. Peut-être qu'elles étaient sourdes ou qu'elles parlaient pas français.

— DAN-SEZ ! DAN-SEZ !

Ça l'énervait mon frère. Il leur a enfoncé des clous

dans le dos à grands coups de marteau. Il tenait beaucoup à ce qu'elles dansent au moins un peu.

C'était pas facile. Ces bêtes avaient le dos mou comme le cuir du canapé et ça rebondissait. Mais Ugly y arrivait pas mal du tout.

Il y a eu des bruits de choses cassées contre le mur. Papa criait :

— Je suis sûr qu'il est dans cette baraque. Je vais vous crever tous les deux ! Sale chienne, en plein après-midi avec les gosses, DEVANT les gosses !

Ugly a pris les tenailles pour changer un peu. Il respirait fort et il s'est mis à pincer. Ça vous faisait mal le bruit des petits os des bêtes qui craquaient à l'intérieur.

— DAN-SEZ !

Et plus Maman et Papa criaient plus Ugly essayait de faire danser les huit bêtes noires.

— Tu l'auras voulu connard, elle criait Maman, je vais te la dire la vérité. C'est lui le père d'Ugly. C'est pas toi, couille molle. C'est lui qui m'a baisée pendant que tu étais à Athènes, c'est lui, j'ai les preuves dans ce tiroir. Ah comme il m'a baisée, comme il m'a bien baisée, tu aurais vu ça !

Et alors là, dites donc il y a eu la grosse explosion du revolver. Toutes les bêtes sont parties d'un seul coup. Elles se sont dressées toutes les huit, deux fois quatre et elles ont glissé très vite dans le vide. Ugly s'est penché pour voir, sa tenaille à la main.

Mais les fourmis en bas n'ont pas levé la tête pour voir Ugly. Elles aimaient mieux regarder par terre les bouts d'os de la tête dans tout le hachis. La chose blanche dedans c'était un œil. Encore un.

— Oh non, c'était pas beau à voir ils ont dit les monsieurs flics Ohlala non !

Et il en a fallu bien du travail au commissaire Flapy pour comprendre tout ça. On peut dire qu'il s'est bien décarcassé pour arriver à comprendre que ce tombeur de haut avait baisé ma mère tant et tant. Que cet écrasé était vraiment le VRAI papa du fameux Ugly, d'après les analyses. Même qu'il était docteur dites donc ce disloqué. Et qu'il s'appelait, écoutez bien, écoute bien Ugly, qu'il s'appelait d'un nom curieux : LAISSÉLÉ-VIVRE !

Mais comment c'est arrivé cette chute tragique ?

— Évident, il a dit le commissaire, le mari en voyage rentre plus tôt que prévu. C'est du boulevard. L'amant (c'est-à-dire le docteur) essaie de se sauver par le balcon. Dans la panique il glisse. Des témoins ont vu un type suspendu dans le vide accroché par les mains au bord du balcon du huitième. Mais alors ce qui reste un mystère c'est pourquoi les gants de moto que portait le docteur Laissélévivre — donc l'amant — pourquoi ces gants en cuir noir étaient tout tailladés avec des clous et des épingles enfoncés au bout des doigts qui ressemblaient à huit petites bêtes noires !

Ça on saura jamais, Ugly. Ne me tape pas. Même si je cafetais on punit pas Ugly, on le punit jamais. Même si je disais qu'après tu es rentré dans la chambre de Maman qui criait car elle n'était pas morte.

Papa n'avait pas réussi à l'avoir mais il a très bien

réussi pour lui-même. Il faut dire que c'est plus facile à viser. Maman bougeait tout le temps, la vache. Alors que pour se mettre la balle dans la bouche, Papa n'a pas eu de problème. Après ça il est tombé sans se faire mal sur le lit et depuis trois semaines c'est là que vous pouvez le trouver.

Maman regardait tout ça avec un grand étonnement. Surtout les grognements horribles que faisait Ugly quand il a ramassé le revolver sur le lit et qu'il a visé sa mère, bien comme Tonton Starsky lui avait montré.

« Clic-Clic. » C'est le bruit qu'a fait le 357 car il n'y avait plus rien dans le chargeur. Ce qui a bien soulagé Maman. Mais elle a pas eu le temps d'en profiter car la crosse du revolver lui est parvenue sur la nuque avec la force de quelqu'un qui pendant trente-cinq ans a été bien nourri. Surtout de vers de terre amoureusement préparés.

Elle est tombée comme un sac à linge.

Et alors là, peut-être qu'il est devenu fou, peut-être qu'il y avait pris goût avec moi, toujours est-il qu'il a fait à Maman ce qu'il m'a fait pour la fête de Cap-Handy.

— OH-MON-GUIEU, il grognait, OH-MON-GUIEU.

Le lendemain quand il s'est arrêté ils avaient drôlement faim tous les deux, le fils comme la mère.

14

# Ugly c'est fini

Ugly c'est fini, c'est écrit. Oui on s'en va. Tu l'entends la voiture ? Tu l'entends la lumière bleue qui dit TÉFOUTU, TÉFOUTU et les gens blancs très gentils. On sera pas séparés, non, me tape pas. Pas si fort. Ce serait tellement dommage maintenant. Attends mon gluant tu vas voir Singapour. Oulo te jouera Mozart. Oui, c'est toi qui conduiras l'avion. C'est facile l'avion c'est un grand placard volant. Un placard 747. On mettra Papa à l'avant à la place du mort. Maman nous servira des bons bouts de poumon et du champagne de vers bien frais !

Et ils seront tous là les amis de toujours !

Pompidou avec son œil de verre, Mamie et ses bonbons, Madame Portadroite et son rosbife, Tata Starsky qui n'a pas d'enfant, Tonton Starsky et sa rouge houppelande, et nos amis docteurs, Rivioly, Psychy, Thalidomy et le docteur Laissélévivre ton vrai Papa d'amour avec ses gants de moto tout neufs.

Vite, il faut partir avant que les vers de terre nous attrapent nous aussi. Des millions ils sont depuis que tu leur as ouvert et des milliards de bébés. Ils ont tout bouché l'évier, la baignoire, ils ont mangé les tapis, les rideaux, les meubles. Ils sont partout jusqu'aux plafonds, ils jouent à cache-cache dans le trou de la bouche à Papa.

Vite, on va emmener tout le monde, Tata Merciky et ses abat-jour, les flics de police et les beaux pompiers, Chantal Goya, Papy Mécano avec sa caisse à outils et le petit chien Rocky et l'abbé Chiktyp et Jésus l'oiseau !

Les vers ont fini de manger la pendule où il y avait les yeux de Coma. On l'emmènera aussi Coma et tous nos amis de Cap-Handy, même Aigry sera content, Poila nous fera bien rire et Croûty peindra un beau tableau couchant de soleil avec des tourtereaux et le lustre et Monsieur Klik-Klak, et Monsieur Camy et son petit chien Jeudy-en-huit et Madame Garby et la petite Sandrine qu'on a retrouvé congelée dans le congélateur quand tu avais joué avec elle.

Et Majika ma poupée et les poissons rouges d'avril et tous mes petits hamsters et les cafards de sous l'évier... Vite, j'ai envie de revoir dehors, aller dans la rue. Je sais bien qu'il n'y a plus de rue, plus de maison, plus de paysage, les vers ont tout mangé, tout gommé mais pas jusqu'à la lune, pas jusqu'à Oulo, pas jusqu'à mon bébé, pas jusqu'à Singapour !

Il faut oublier personne, Ugly, ni la dame télé, ni Monsieur Sansoulézongle notre boucher, ni les rats ni les mouches. On sera plus jamais tout seuls, Ugly.

Vite, j'ai des vers jusqu'à ma tête, dans mes oreilles, ils rentrent dans ma bouche et ça m'empêche de parler… N'allez pas m'étouffer les amis, mon grand frère non plus, s'il vous plaît, faites un peu attention.

Peut-être qu'ils vous mangent pas les yeux, peut-être que je pourrais le voir mon bébé. Il va venir celui-là. Il me fait de plus en plus mal, je suis si jeune encore. Ils auraient été contents de le voir nos parents, le bébé à Ugly. Mais Maman est folle et Papa est mort. Mais non, mais non… Écoute, on ouvre la porte, ça y est c'est fini… Je ne vais plus pouvoir parler… Je ne peux plus… Comme ça on m'entendra pas crier… J'ai mal, j'ai bien mal… ça me coule… Oh… Oh… voilà le… le bébé Ugly, ton bébé, ton enfant mon amour…

Écoute-le :

— Ohmondieumondieu, il dit…

Ça finit bien !

On part…

On est parti…

On est dans l'avion, dans le grand placard,… tu verras mon amour… à Singapour il suffit de respirer pour être heureux.

IMPRIMERIE BUSSIÈRE À SAINT-AMAND
DÉPÔT LÉGAL MAI 1991. N° 13240 (936)

# Collection Points

## SÉRIE POINT-VIRGULE

V1. Manuel de savoir-vivre à l'usage des rustres et des malpolis, *par Pierre Desproges*
V2. Petit Fictionnaire illustré, *par Alain Finkielkraut*
V3. Quand j'avais cinq ans, je m'ai tué *par Howard Buten*
V4. Lettres à sa fille (1877-1902), *par Calamity Jane*
V5. Café Panique, *par Roland Topor*
V6. Le Jardin de ciment, *par Ian McEwan*
V7. L'Age-déraison, *par Daniel Rondeau*
V8. Juliette a-t-elle un grand Cui ?, *par Hélène Ray*
V9. T'es pas mort !, *par Antonio Skarmeta*
V10. Petite Fille rouge avec un couteau *par Myrielle Marc*
V11. Manuel à l'usage des enfants qui ont des parents difficiles, *par Jeanne Van den Brouck*
V12. Le A nouveau est arrivé *par Pierre Ziegelmeyer et Jean-Benoît Thirion*
V13. Comment faire l'enfant (17 leçons pour ne pas grandir) *par Delia Ephron*
V14. Zig-Zag, *par Alain Cahen*
V15. Plumards, de cheval, *par Groucho Marx*
V16. Bleu, je veux, *par Gisèle Bienne*
V17. Moi et les Autres, *par Albert Jacquard*
V18. Au vrai chic anatomique, *par Frédéric Pagès*
V19. Le Petit Pater illustré, *par Jacques Pater*
V20. Cherche souris pour garder chat, *par Hélène Ray*
V21. Un enfant dans la guerre, *par Saïd Ferdi*
V22. La Danse du coucou, *par Aidan Chambers*
V23. Mémoires d'un amant lamentable, *par Groucho Marx*
V24. Le Cœur sous le rouleau compresseur *par Howard Buten*
V25. Le Cinéma américain. Les années cinquante *par Olivier-René Veillon*
V26. Voilà un baiser, *par Anne Perry-Bouquet*
V27. Le Cycliste de San Cristobal *par Antonio Skarmeta*
V28. Tchao l'enfance, craignos l'amour, *par Delia Ephron*
V29. Mémoires capitales, *par Groucho Marx*
V30. Dieu, Shakespeare et moi, *par Woody Allen*

V31. Dictionnaire superflu à l'usage de l'élite
et des bien nantis, *par Pierre Desproges*
V32. Je t'aime, je te tue, *par Morgan Sportès*
V33. Rock-vinyl (Pour une discothèque du rock)
*par Jean-Marie Leduc*
V34. Le Manuel du parfait petit masochiste
*par Dan Greenburg*
V35. L'Oiseau Canadèche, *par Jim Dodge*
V36. Des sous et des hommes, *par Jean-Marie Albertini*
V37. De l'univers à nous, *par Robert Clarke*
V38. Pour en finir une bonne fois pour toutes
avec la culture, *par Woody Allen*
V39. Le Gone du Chaâba, *par Azouz Begag*
V40. Le Cinéma américain. Les années trente
*par Olivier-René Veillon*
V41. Mistral gagnant, chansons et dessins, *par Renaud*
V42. Les Aventures d'Adrian Mole, 15 ans
*par Sue Townsend*
V43. Le Palais des claques, *par Pascal Bruckner*
V44. La Cuisine cannibale, *par Roland Topor*
V45. Le Livre d'Étoile, *par Gil Ben Aych*
V46. Les Dingues du nonsense, *par Robert Benayoun*
V47. Le Grand Cerf-volant, *par Gilles Vigneault*
V48. Comment choisir son psychanalyste
*par Oreste Saint-Drôme*
V49. Slapstick, *par Buster Keaton*
V50. Chroniques de la haine ordinaire
*par Pierre Desproges*
V51. Cinq Milliards d'Hommes dans un vaisseau
*par Albert Jacquard*
V52. Rien à voir avec une autre histoire
*par Griselda Gambaro*
V53. Comment faire son alyah en vingt leçons
*par Moshé Gaash*
V54. A rebrousse-poil
*par Roland Topor et Henri Xhonneux*
V55. Vive la sociale !, *par Gérard Mordillat*
V56. Ma gueule d'atmosphère, *par Alain Gillot-Pétré*
V57. Le Mystère Tex Avery, *par Robert Benayoun*
V58. Destins tordus, *par Woody Allen*
V59. Comment se débarrasser de son psychanalyste
*par Oreste Saint-Drôme*
V60. Boum !, *par Charles Trenet*

V61. Catalogue des idées reçues sur la langue
*par Marina Yaguello*
V62. Mémoires d'un vieux con, *par Roland Topor*
V63. Le Cinéma américain. Les années quatre-vingt
*par Olivier-René Veillon*
V64. Le Temps des noyaux, *par Renaud*
V65. Une ardente patience, *par Antonio Skarmeta*
V66. A quoi pense Walter ?, *par Gérard Mordillat*
V67. Les Enfants, oui ! L'Eau ferrugineuse, non !
*par Anne Debarède*
V68. Dictionnaire du français branché, *par Pierre Merle*
V69. Béni ou le paradis privé, *par Azouz Begag*
V70. Idiomatics français-anglais, *par Initial Groupe*
V71. Idiomatics français-allemand, *par Initial Groupe*
V72. Idiomatics français-espagnol, *par Initial Groupe*
V73. Abécédaire de l'ambiguïté, *par Albert Jacquard*
V74. Je suis une étoile, *par Inge Auerbacher*
V75. Le Roman de Renaud, *par Thierry Séchan*
V76. Bonjour Monsieur Lewis, *par Robert Benayoun*
V77. Monsieur Butterfly, *par Howard Buten*
V78. Des femmes qui tombent, *par Pierre Desproges*
V79. Le Blues de l'argot, *par Pierre Merle*
V80. Idiomatics français-italien, *par Initial Groupe*
V81. Idiomatics français-portugais, *par Initial Groupe*
V82. Les Folies-Belgères, *par Jean-Pierre Verheggen*
V83. Vous permettez que je vous appelle Raymond ?
*par Antoine de Caunes et Albert Algoud*
V84. Histoire de lettres, *par Marina Yaguello*
V85. Tout ce que vous avez toujours voulu savoir sur le sexe sans jamais oser le demander, *par Woody Allen*
V86. Écarts d'identité
*par Azouz Begag et Abdellatif Chaouite*
V87. Pas mal pour un lundi !
*par Antoine de Caunes et Albert Algoud*
V88. Au pays des faux amis
*par Charles Szlakmann et Samuel Cranston*
V89. Le Ronfleur apprivoisé, *par Oreste Saint-Drôme*
V90. Je ne vais pas bien, mais il faut que j'y aille
*par Maurice Roche*
V91. Qui n'a pas vu Dieu n'a rien vu
*par Maurice Roche*
V92. Dictionnaire du français parlé
*par Charles Bernet et Pierre Rézeau*